文芸社セレクション

悪い人だったら、よかったのに。

新村 ユウキ

SHIMMURA Yuki

文芸社

悪い人だったら、よかったのに。

プロローグ

「全員死ねよっ！！！」

彼女が叫ぶ。

天井の照明が逆光となって、彼女が影になる。

どんな顔をしているのだろう？

見えないのに想像が補って、勝手に影に凹凸をつけた。

酷い顔だ。荒らげた声に比例して、表情も鬼の形相に近づいていっているのだろう。

「アイツみたいに、死んでいなくなれよ！　私の前から消えろよ!!　なんで、私だけなんだよ！　だいたい知ってたやつらだって！　なんで!?」

怒号と悲鳴の境界が塗りつぶされていく。

肩を抑えつけていただけだった彼女の手が、するりと俺の首に移る。肌に触れたその手の冷たさに鳥肌がたった。

抵抗はしなかった。

小柄な彼女を払い除けるのに、片手があれば十分すぎる。それでもしない。この人には、これが必要なことなのだろう。

唱えるように彼女が口を開く。

「私が悪い？　私だけが悪い？」

小さな手に力が入り、気道が塞がれる。

まず、舌の痺れを感じた。これでは、喋ることはできそうにない。呼吸ができないのでは、どちらにしろ同じか。無駄に冷静な部分がそう言う。

彼女は姿勢を前のめりにして、体重も使い始める。こうすれば、より痛めつけられるということを、知っているようだった。

軽くても、人一人分の荷重。それが、気道を押し潰さんとしている。そんな状況なのに、不思議と恐怖はなかった。

「答えろよ！」

視線を一切逸らさずに、彼女の目を見ていたはずだった。しかし、いつの間にか視界が霞んで、もとよりあやふやだったものが、さらに輪郭を崩す。顔のパーツを見分けることすら困難になっていた。

「…、…!!」

耳も聞こえなくなってきた。辛うじて、見分けのつく薄い唇が蠢いているのだけが分かる。

いや、もしかしたらこれも俺の妄想かもしれない。本当はもう、既に気絶していて夢を見ているだけ。そんな気もする。

でも、それでは、ダメだ。

これが現実だと信じて、痺れる脳に鞭を打つ。

動けと強く念じるが、動いている感触は無い。それでも、腕は持ち上がっていると強く信じて、そのまま彼女の背中に落とした。

優しく抱き寄せられればかっこいいのだろう。だが今はこれが限界だった。俺に向かって叩き落とすことしかできなかった彼女に。ごめんなさい、と心からの謝罪をした。

「っ…」

一瞬、首にかかる力が強まって、そのあとは力が掛からなくなった。

「うっはぁー！！！！！」

萎んでいた肺が、少しでも多くの空気を取り入れようと、大きく、大きく膨らんだ。空っぽのはずの肺から変な声が出て、入れ替わるように一気に酸素を取り込む。潰されている腹部も厭わず、横隔膜が膨張しようとして痛んだ。

血液が急速に全身を駆け巡って、熱を取り戻す。

「はぁ、はぁはぁはぁ、はぁ」

目を閉じている瞼の裏ですら、白と黒の明滅を繰り返す。

彼女の髪が口の中に入る。それに構わずに、煙と生水の匂いごと空気を取り込んだ。排気と吸気を繰り返して、ようやく思考が、まとも寄りに戻ってきたころ、隆起する俺の上で嘆くように彼女が言う。

「死ねとか言うんだったら」

「ごめんなさい」

先に謝っておく。どうせ断る。

「じゃぁ、殺してよ」

奥歯で磨り潰すようにして、彼女が言った。

「ごめんなさい」

もう一度、しっかりと口にした。それでも足りない。

彼女は腕の中に確かに収まっている。それなのに、酷く曖昧だ。

命を脅かされていたはずなのに、どこまでも貧弱に感じられる。

氷のような指先とは裏腹に、体の中央部は火のように熱い。寒さを堪えるようにして、震えて身を縮めている。

嗚咽が聞こえる。だが、触れている彼女の頬を伝う涙が無い。

「なんでなの」

「なんでもです」

彼女が泣けるまで、あとどれくらいの時間がかかるのだろうか？　それから泣き止むまでは、もっとかかるだろう。

それまではどうか。

何をかは分からない。それでも願わずにはいられなかった。願って、腕に力を籠めた。

後日譚2

Side　M

生ぬるい水の匂いが、リビングを満たしていた。

「雨……」

ポツリと言葉を零してみるが、だれも拾うことなく雨音に紛れる。

俺が家にいるときは、網戸だけを閉じて窓は開けっ放しでいることが多い。そのため、外の匂いが転がり込んでくることもしばしば。

特に食べ物の匂いは主張が強い。献立を決める要因の一つになっている。

だが、今日はそれもない。昨日、寝る前に見た天気予報では丸一日雨となっていた。ここ最近は乾燥した日ばかりが続いていたので、久々の雨に人生何度目かになる新鮮さを覚える。

いや、室内に漂っているのは、雨の匂いだけではなかった。シンクの隅に置かれているマグカップ。その中に吸い殻を見つけた。視線で認知してから、初めて煙草の匂いもしていることに気がつく。この匂いにも、随分と慣れてきた。

暗闇に慣れた目で吸殻を眺めながら、ぼんやりと考える。慣れを実感する瞬間というのは、老化と適応のどちらなのだろう？　吸い殻の持ち主にも聞いてみたい。

数字だけが弱々しく発光している壁掛けの時計に目を向ける。

眠気を引き摺ることなく目が覚めたので起きてきたが、三時三十分は早すぎた。普段よりも三十分も早く起きた理由は明確で、今日が彼女と同棲を始めてから、ちょうど一年という区切りの日だから。

特に何かをすると、決めている訳ではない。彼女は覚えているかも怪しい。

それなのに、俺は一人で浮き足立っている。男女不平等的な、思想を用いれば女々しいともいう。

「落ち着こう」

口にだして、自分に言い聞かせる。意味があるかは分からない。

クッションを網戸から少し離れた位置に置いて腰かける。かなり大きめのサイズで、体を預ければ、沈むようにして包み込んでくれる。

背中が少し寒い気がするが、背後に広がっているリビングを思えば、それも当然と思えた。

必要な家具以外の物が少ない。俺も彼女も、物を増やすことがあまり好きではないのが主な原因だ。

違う点があるとすれば、彼女は欲しい物ができたときは、迷わず買っているらしい。

そんな彼女による稀有な物欲の産物に身を委ねて、そのままの流れで当人のことを思い浮かべた。

物欲も薄ければ自然、これといった趣味のようなものも無い。俺は趣味の読書が全てスマートフォンとタブレットさえあれば完結しているだけで、無趣味とはまた違う。

趣味が無い事が一概にダメだとは言わない。ただ、俺よりも家にいる時間の多い彼女が、いつか退屈に潰れないのかが不安な今日この頃だったりする。

最近はこんなことばかりを考えている気がする。同じことばかり考えていると、馬鹿になるな。

頭の中が煩いのは十数年来の悩みで、それに対する唯一の対抗策として、上を向いて、息を吐き出す。思考をリセットした。

分厚い雲に覆われていなくとも、時間的にまだ日の出ではない。電灯もつけていないリビングよりも、窓の外の自然的な暗さのほうが濃く、深い。

視界を制限されると、聴覚が敏感になるという話を聞いたことがある。実際に、今もいろんな音が響いてくる。

ザーワザーワ、と水滴が固いものにぶつかる音が束になって聞こえる。

雨が水溜りにぶつかる音がパキパキと聞こえる。

時折、車道を走る車と濡れた路面が擦れる音が聞こえる。

田舎だったら、カエルの鳴き声でも聞こえてくるのだろう。小さい頃、それこそ小学校に入る前は、山と田んぼしかない田舎に住んでいたらしい。らしい、というのは、その時の記憶はほとんどないからだ。

憶えていることといったら、森を無理やりかき分けて作ったような坂道と、その上に家があったことくらい。

あの頃はいろいろなものが大きく見えていたはずだ。それなのに、恐怖よりも好奇心だけを原動力に動けていた。

今の自分はどうだ？

そんな疑問が浮上しそうになるが、好奇心を原動力に動ける年齢ではないことを思い出した。過ごした年月に応じて、何の了承もなく勝手に付随し、膨らみ続ける責任は、同じく付随してくる権利と全く均衡がとれていない。それでも、投げ出すことはできない。

多分に湿り気を帯びた風が吹き込んできて、肌寒い。そういえば、コーヒーを淹れるのを忘れていた。

やっぱり、浮わついている。

キッチンに移動して、電気ポッドに水を注ぎ、スイッチを入れた。湯が沸くのを待つ間、シンクに残っていた、煙草の吸い殻の入った陶器の湯飲みを洗う。使った記憶は無いので、おそらく、彼女が夜中に起きて使ったのだろう。

一つしかない湯飲みを洗い、軽く拭いてから水切り用の網の上に置く。丹念に時間をかけて洗ったが、大して時間を稼げず、手持ち無沙汰で沸騰を待った。スマホは、ブルーライトを見たい気分にはなれないと思ったので、ベッドに置いてある。数十秒ほど暗闇を凝視した。思考が動き出しそうになれば、徐々に大きくなる電気ポッドの中で暴れる水の音に耳を澄ませる。

〇の描かれたほうにスイッチが沈み、湯が沸いたことを知らせた。

マグカップにインスタントコーヒーを入れてから、湯を注ぐ。この順番を間違えると、溶け切らずに悲惨なことになる。

空気が水を含んで重たいのか、心なしか匂いが鼻に届くまでに時間がかかったような気がした。

湯気の立つコーヒの入ったマグカップを両手で包めば、陶器特有のぬくもりのある硬質感が手のひらに伝わってくる。しかしそれもすぐに、ぬくもりを通り越した熱が手のひらを刺してきた。

おとなしくマグカップの取っ手を持って、再びクッションに戻った。座るときに、こぼれそうだったので、中腰のまま飲んで少し量を減らす。

外の景色はまださっきのままで、そのことにかすかに安心した。

昔から、変化を嫌う節があった。

テレビに映る自称、もしくは他称、成功者と呼ばれる人間は、常に変化を求めろと豪語する。

無責任な言葉だ。行動を起こせば少なからず、心にささくれを生み出す。何かの拍子に、ささくれがひっかかり、大きな傷になったとしても、それでも変化を望めと言えるのだろうか？

だとしたら、苦しいな。

たしかに変化は大事だ。進歩という名の変化の、積み重ねあってこその、進化だということは理解はしている。

だが、進歩には傷が付き物ときた。それはつまり、前に進むことは、傷を創る行為そのものに等しいということになる。無責任な言葉で傷つけと言われて、それを実行に移すのか？

素直と従順は美徳だが、無思考は似たものでありながら悪徳とされるのに？

そこまで、脳みその中で捻くれた思考を転がして、纏まりそうもないなと放棄した。

考えている間は浸れて楽しい。終わると途端に、妙な虚しさが吹きすさぶことは面白くないけど。

すでにやや温くなったコーヒーに口をつけて、コーヒーくさい息を吐く。そういえば、温度を保持することに特化した、金属性のマグカップを買ったこともあった。

あれはあれでよかったのだけれど、陶器の唇に当たったときの感触のほうが、温かいものとあっているような気がして今は使っていない。

「うわっ、雨降ってる」

襖から顔だけのぞかせた彼女が言った。もう一度寝る気は無いようで、ぼさぼさの髪をぶら下げて近づいてきた。そして俺の足を、こつんっ、と蹴って何かを訴えてくる。

退け、ということだろうか？　その傍若無人ぶりに、俺の中の底意地の悪い感情が顔を覗かせた。どうぞ？　とばかりに、足を開いてスペースを作ってみる。彼女は迷いなく、あけたスペースに収まった。

「っ…」

正直、座ると思っていなかったので、少しだけ驚いたが、今さらだと思い込んで平静を装った。

俺よりも頭一つ以上身長の低い彼女からすれば、俺もクッションも大差ないのだろう。悪い気はせず、むしろ寝起きで体温が高い彼女がいると、肌寒さが紛れて、胸部と腹部への圧迫感よりも、心地良さが上回る。

「雨嫌い」

ポツリと彼女が零す。

常習化している喫煙と寝起きも相まって、ガサガサの声だった。

「そう？」

彼女の言葉が断定的なのに対して、俺の返事は曖昧だ。

雨は嫌いではない。

昔からインドアな人間だったこともあり、学校の休み時間に外に出ない口実になっていた。今もその影響で悪い印象を持てないでいる。

「ベランダで煙草吸えないから」

なるほど、彼女らしい理由だった。たしかに、換気扇の下で吸っているところは見たことがない。

屋外での喫煙が好きなのだろう。もしかして、彼女があまり外に出たがらないのは、昨今の喫煙所のほとんどが屋内だからか？

そんな疑問は、思考の隅に追いやってとりあえずの代替案を口にした。

「吸っていいよ？」

「びしょ濡れで？」

含み笑い交じりで聞き返されて、言外に「煽ってんの？」と言われたような気がした。言葉が足りなかったらしい。

「ここで、吸っていいよ」

しばし、思考しているのか固まる彼女。

そしてこちらを、振り向いた。

ぶえ。髪の毛が口に入った。

「いいの？」

珍しく、弱々しい聞き方だった。

「別に、今日くらいは」

「ありがと、煙草とってくる」

あっさりと立ち上がり、去っていく彼女の背中に一抹の寂しさを覚えながら見送る。それにしても、弱々しい聞き方が気になった。

「持ってきたー」

未だに眠そうでありながらも、明らかにテンションは高めだ。

見ようによっては空元気にも見える。

手には普段から吸っている煙草と、携帯灰皿。黄色の携帯灰皿は、ただでさえ年齢不相応な幼い彼女の容姿と相まって、防犯ブザーにしか見えない。

煙草と防犯ブザーを持った少女という、かなり危なく見える彼女は、定位置とばかりに俺の足の間にどかっと腰を下ろした。

気に入ったのだろうか？　俺としては、そこには尊厳の象徴のような部位があるので、もう少しゆっくり座って欲しい。今後毎回、ヒヤヒヤする羽目になる。何よりいつかは絶対に……考えたくもない。

百円ライターの着火音とともに、熱っぽい匂いが部屋に広がった。さっき一人キッチンで嗅いだあの匂いの大元。独特な煙の匂いは、いつも彼女からする香りの一部を濃くしたようだった。

よく考えたらこんなに間近で、煙草を吸っているところを見るのは初めてだ。今までは、ベランダで一人のときに吸っていたり、コンビニ外の喫煙所で吸っていたりで、俺が近づくとすぐに火を消していた。

もしかしたら、彼女なりに気を遣っての行動だったのだろうか。

「俺の傍で煙草吸わないようにしていたの？」

気になったので聞いてみた、という風を装って、聞いてみた。

知らず知らずにうちに、彼女の好きなものを否定するような言動があったかもしれない。だとしたら、由々しき事態。是非ともその部分は聞き出しておきたかった。

「うん、まぁ。そりゃ、やっぱ体にいいものではないしさ」

一度、煙を吸って、吐いて、それから言葉を続けた。

「それに、……去年だったっけ？　一緒に住むの決めてから、二人でスーパーに買い出しに行ったの」

「二回目の方？」

「そう」

去年は二回も一緒にスーパーに行ったが、今年は彼女はスーパーには行っていない。

「そのときに、歩き煙草してた人に、嫌な顔してたから」

「あぁ」

照れ半分、嬉しさ半分のといった具合だった。彼女が俺のことを見てくれている、そのことが嬉しい。だが、彼女が言いたいことと、聞きたいこととは関係無いので、一旦それは置いておく。

「昔、俺がまだ歩き始めてすぐくらいの頃なんだけど。歩き煙草をしていた人の火が、俺の顔に当たったたんだって」

そのときの火傷の痛みなんて全然覚えてない。もう、二十年以上も前のことだ。跡も残っていない。

ただ、そのあと母親がすごい怖い顔で、歩き煙草をしていた人を睨みつけていたのは覚えてる。

普段は滅多に感情を表に出さない人だっただけに、幼かった俺には突然、母親が知らない人に化けたような気がした。それ以来、歩き煙草をしている人を見ると、苦いものが心に染みを作るようになった。

「あー、じゃあ吸わない方がよかった？」

手元の煙草を視界から外しながら、気まずそうに彼女が言う。

……ここでもし、「うん、煙草やめて」と言ったら、どうなるだろうか？

笑って「わかった」と答えるだろうなぁ。

「私もそろそろやめたいなって思ってた」とか、「いい機会だから」とか、そんなことを口にする様子が簡単に思い浮かぶ。……何か、嫌だな、それは。

「別にいいよ」

なるべく重さを感じさせないように、言葉を選ぶ。

「火傷したことがトラウマとかじゃないし。むしろ、かっこいいなって思ってるよ」

「そう？」

「そうそう」

たい。

クッションを彼女に譲っておけば、横顔くらいは見れたのにと、過去の自分の頭を叩きたい。

彼女の声は少し弾んでいた。顔も見たかったな。

「そ」

「ん？」

「前はさ、」

空になったマグカップの取っ手に指を通して弄んでいたら、二本目の煙草を吸い始めた彼女から口を開いた。

「なんとなくだけど、人に触るのが怖かったんだ。また、昔みたいになるんじゃないかって、思って」

やはり、今日の彼女はどこか様子がおかしい。

機嫌がよさそうにしたかと思えば、言葉を言い淀むし、昔の話を自分からする。なにより、俺と同じくらいおしゃべりだ。周期的にあの時期ではないはずだし、雨が嫌いと言っていたがそれの影響だろうか？

嫌いなものを前にしたとき、人の反応は大きく二つに分かれる。

排除しようとするか、遠ざかろうとするかだ。今現在の彼女は後者のように思える。それなのに、雨から遠ざかることができない。

以前は違ったのだろう。そう、過去の彼女と対面したことのない俺は、勝手に推測している。

「でも最近は、少しだけど、大丈夫って思えるようになってきて……こうしていられる」

煙草を持っていない方の手で、彼女が俺の膝に触れる。ほんのりと、温かい自分のものではない熱が伝わってくる。

「だから、怖くなるときがあるの」

「？」

一瞬、接続詞の使い方を間違えているような気もしたが、発言はせずに耳を傾ける。

「出来なくなったことが、また出来るようになるってことは、昔に近づくような気がするから。だったら、」

出来ないままの方がいいんじゃない？

そう、彼女は言いたいのだろう。

できなかったことが、できるようになることを成長と呼ぶのなら、彼女の場合は再生に近い。

過去にできていたことが、なんらかの事情によってできなくなり、時間や治療によって再びできるようになる。それは、傷が塞がって回復に向かうような。本来なら、喜ばしいことのはずだ。だけど、彼女に限っては、少しだけ複雑になる。

再生に蝕まれている。

再びできるようになれば、同じ過ちを繰り返してしまうのでは？　そんな漠然とした不安が、今も彼女の中心にとぐろを巻いている。

解放されることを望んでいない、忘れようともしていない。

反省に意味は無く、誠意は目で捉えられない。だからこそ、後悔をし続ける。過去の過ちを未来への糧にすることを拒むために。

少なくとも、俺はそう感じている。

途中からは、惚れた弱みも多分に含まれているけど。

「ならないよ。うん、ならない」

とりあえず、そんな当たり前のことを口走ってみた。

後悔した時にはいつも過去に戻れたらと考えるけど、それで戻れた試しが無い。だから、「昔みたい」になることも無い。

彼女に比べたら、薄っぺらな人生しか送ってきていない俺にでも分かることだ。

「うん」

やや鼻声の、返事が返ってきた。

本当に今日の彼女は彼女らしくない。

暗闇に順応しきった目が、壁にかけられたカレンダーを捉えた。

ああ、今日だったか。

世間一般では特にこれといった意味を持たない。

俺にとっては、彼女との同棲生活一年経過記念日。

彼女の場合は、同棲生活一年経過記念日なんていうほわほわしたものよりも、優先される日付。

それも、あまり好ましくない方向性の特別を纏った一日。

彼女が殺した「鈴木　慮」の命日だった。

しばらくしてから、彼女が「九時にお父さんが、迎えにくるから」と言った。時計を確認したら、七時三十分を回っている。

そこからは、嵐のようだった。

行きたくないという気持ちを引きずっているからか、普段のマイペースに輪をかけて、動きがのっそりとしている彼女がシャワーを浴びている間に、急ぎで朝食を用意しなくてはならない。

気分の沈んでいる人間に冷たい食事を出すのは論外。よって、最も手軽なシリアル系は却下。

解凍したご飯に、お湯をかけただけの、手抜き粥にしよう。離乳食のような見た目にさえ、目を瞑れば朝食としては、最高だと思っている。これなら、普段は朝食をとらないような彼女でも、時間をかけずに食べれるはずだ。

タンパク質？　肉や卵を彼女が朝から、口にするとでも？　プロテイン？　水を飲ませるのが精一杯だ。

冷凍ご飯を電子レンジに、放り込んで、電気ケトルに水を入れて、お湯に変える。

器と作り置きしてある梅のたたきを用意した。

三分ほど時間があいたので寝室に行く。喪服を用意するためだ。リビングにある扉を開ければ、そこが寝室になっている。

結果的に、寝室に行ったのは無駄足になった。起きたときは、暗くて気が付かなかったが、既に喪服は用意されていた。

あれ？　でも喪服がここにあったら、彼女は何を着るのだろう？　下着は脱衣所に新しい洗濯済みのものがある。だが、その他のワイシャツを含めた、服を持っていかなかったような。…窓を閉めてリビングのエアコンを稼働させて、暖房を入れた。念のためだ。

数分後、風呂場から出てきた彼女は、案の定、下着だけの姿だった。暖房をつけておいてよかった。

既に、仕事はやり切ったとばかりに静かになっている、電子レンジとケトル。

ブレーカーにも内心で称賛を送りながら、元冷凍ご飯と、少しだけ冷めたお湯を器の中に入れる。匙で軽く混ぜて、上に梅のたたきを載せた。

「ドライヤー持ってきて。食べてる間に、乾かすから」

立ったまま髪をワシャワシャとタオルで拭いていた彼女に指示を飛ばしてから、朝食をテーブルに持っていく。

梅粥もどきを口に運んでいるのを頭越しに見ながら、小さな肩に掛かるかどうかといった長さの髪にドライヤーをかけていく。

水分を含んで束になっていた髪が、乾くにつれて糸になる。乾いたのに、潤いを保っている感触は不思議としか言いようがない。

陶芸をしているような気分になりながら、彼女の頭をこねくりまわす作業に没頭した。

髪を乾かしきるのと、彼女が朝食を食べ終えるのはほぼ同時だった。

さすがに化粧と着替えまでは手伝えないので、彼女が日頃しないおめかしに、悪戦苦闘している間を、持ち物を用意する時間に充てる。

常温で作り置きしているお茶を水筒に入れて、手拭き用のタオルと、ポケットティッシュも一緒に鞄に入れた。以前のような場合のことも考えて、手拭き用のタオルとは別に、スポーツタオルも入れる。使われないことを祈って。綺麗なまま帰ってこいよ、と役割を全否定するような願いを込める。

そういえば、眼鏡を忘れていた。

俺のではなくて、彼女の、だ。

本来なら日常生活に支障をきたすくらいには、彼女は目が悪い。本人が眼鏡をかけるのを嫌って、普段からかけていないので存在を失念していた。

俺としては、危ないのでコンタクトレンズくらいはつけて欲しいのだが、それも嫌らしい。

化粧を終えて出てきた彼女は、素人目にはどこに化粧を施したのか分からない仕上がりだった。

気まぐれに電話をかけてくる俺の姉に「いくら、地がよくてもメイクにはマナーとしての面もあるから、ちゃんとしないとダメよ」と言われてから、たまに練習していたが、ここまで、薄化粧に落ち着くとは。

それでも華やかさは確かに上乗せされているように感じるあたり、化粧というのは侮れない。

表情は暗いが決意は固いようで、凛とした佇まいが、良く似合っている。

「行きたくない」

勘違いだった。そんな、凛々しい顔で言われても、反応に困る。

「今日は俺、休みだから。帰ってくるまで待ってるから。ほら、ね」

だからなんだと、自分でも思ったが、それ以外に思いつかなかった。

お義父さんが来るまでの間、彼女のメンタルケアに注力する。やれ、夜は好物を作るだの、やれ、明日も休みだからだの。なるべく、直前の事を意識させずに、さらにその先を見せて顔を上げさせるようにした。

そんなこんなで、彼女をわちゃわちゃしていると、玄関のチャイムが鳴った。

「来た」

待ちかねていないことこの上ないといった感じで、彼女が言った。

「お久しぶりです、お義父さん」

「ん、あぁ」

ドアを開けた先には、白髪交じりの髪をオールバックにまとめた、初老の男性が立っていた。ダンディという言葉を全身で表現している。喪服に身を包むこの方こそ、彼女の父親であり、俺のお義父さんにあたる方だ。

「まだ、君にお義父さんと呼ばれるのは、慣れないな」

「いずれ慣れますよ。これから、ずっと呼ぶことになると思うので」

「はは、だといいな」

他愛の無い会話にも、まだ、ぎこちなさが否めず、気まずさが喉に詰まる。

「それじゃ、行ってくるから」

彼女はそれだけ言うと、お義父さんを押しのけて出て行った。

さっきまでの、行きたくないと言っていた彼女はもういない。父親の前では強くいたいのだろう。

「娘が苦労をかけているようだね。すまない」

苦笑しながら、でも、どこか嬉しそうに、お義父さんが言った。

「いえいえ、むしろ俺が構いすぎて、嫌われないかと、毎日、戦々恐々ですよ」

「そうか、よかった」

ニコニコしながら、お義父さんが言った。

「それじゃ、行ってくるよ。ちゃんとここまで送り届けるから安心してくれ。実家に連れて帰ったりはしないよ」

「はは、お願いします」

笑えない冗談だが、無理やりにでも笑っておくしかなかった。

彼女のいなくなった部屋は、嫌にひんやりと感じられた。

「よし、やるか」

気合を入れなおして、今日やることを頭の中で羅列していく。

ここで、寂しさに打ちひしがれて彼女を待つのも、休みの日の過ごし方としては悪くない。

でも、実行に移したとしても、彼女はそれを好意の表れとは受け取りはしないような気がする。

「掃除、洗濯、作り置き…」

指折り数えると、片手で足りる程度の作業量だが、行動に移せば猫の手に放り投げたくなる。

とりあえず、掃除から手を付け始めた。

Side F

車が動き始めてから、私とお父さんの間に会話は無いまま、もうすぐ一時間が経とうとしていた。重たい沈黙が車内をぎゅうぎゅうに圧迫してくる。息苦しい。

「彼とは最近、その、どう……なんだ」

話題を振ってきたのは、お父さんからだった。後部座席に座っているので、お父さんの表情はバックミラーを通して、目元だけが見える。

「べつに」

そっけない答えしかできない。

彼の前では、とっくの昔にドロドロに溶けてしまった、自分をよく見せたいというなけなしのプライドが、お父さんの前では息を吹き返す。気恥ずかしさがどうしても口の滑りを悪くする。

「そうか」

それだけ言うと、またお父さんは、黙ってしまった。再び、車内が沈黙に満たされる。

悪い、とは思ってる。でもどうすればいいのかが分からない。

私の感情はどうやら、人に伝わりにくいらしい。だから、私が感情的になったときには、何の予兆も無く癇癪を起こしたように見えるようだ。

彼は超能力と見まがうばかりの察しの良さで感じ取ってくれるが、常日頃からその優しさに甘えている私は、自分の感情を相手に伝える努力を相変わらず怠っている。なにも成長していない。そう思われているのかな。

「彼の御家族には、もう会ったのか」

また、お父さんからの質問が飛んできた。

「お姉さんには会った。それ以外は、まだ」

「そうか」

お父さんがそう言って、また会話は途切れた。

……気まずい。そろそろ、私から話題を振ったほうがいいのかな？

「お父さんのほうは、どうなの」

アバウトすぎる気もしたけど、今の私にはこれが精一杯だった。

「ん、ああ、お父さんは普通だよ。普通」

内容は私と大して変わらない。思いのほか、似た者親子なのかもしれない。

気が付いたら、目的地に着いていた。

気が付いたら、というのは、何かの拍子に会話が弾んで到着に気がつかなかったとかではなくて、私が寝てしまったからだ。

昨日の夜は寝つきが悪かったこともあり、珍しく睡魔が日中に顔を出してきた。

彼との非常に規則正しい生活で、睡魔への耐性が低くなった私は、気づく間もなく敗北したらしい。

「着いたぞ」

私の肩をゆすって起こしたお父さんの顔は、少し困ったように笑っていた。

口が気持ち悪い。飲み物くらい道中買っとけば良かった……いや、あった。

持たされた黒い鞄の中には、彼が普段職場に持っていく白い魔法瓶が入っていた。他にも、小さめのハンドタオル、ポケットティッシュ、さらに風呂上がりにいつも首からかけるのと同じサイズのタオルがあった。あと、眼鏡も。

本当に準備がいいなぁ。

「よし」

覚悟はできていない。

時間が差し迫っているわけでもない。

前回の事を思えば、もしかしたら、今日は刺されるかもしれない。

それでも、これは、けじめだ。

理由は単純だけど曖昧。だから蠟燭の火のように大きく揺らぎやすい。それでも、揺らいでいるうちは消えていない証拠。

大丈夫、忘れてない。

車から降りると、生乾きの匂いが満ちていた。朝に降っていた雨は止んでおり、重苦しい雲だけが居座っている。

眼鏡は少し悩んでから、かけることにした。鞄は車に置いていく。

分厚いレンズに焦点を合わせられると、少し眩暈がした。それも治まって、久しぶりに見る焦点のあった景色は、解像度が高すぎてグロテスクに見える。

駐車場は墓場から少し離れた場所にある。

時間的に昼時ということもあって、他に車は無かった。鉢合わせない時間を、選んでくれたのだろう。

たった数分の舗装された道のりも、今は空気が足に纏わりつくようで、一歩踏み出すたびに潤したはずの口の中が乾いていく。

お父さんの一歩後ろを黙って歩く。

もし、ここを赤の他人が見たらどう思うだろう。

中年の男と若い（自称）女。間違っても夫婦には見えない。親子という正しい認識を、抱くはずだ。

それで目的は家族の墓参り。母親がいないことを考えれば、母親の墓参りとあたりをつける。

だったら、まだ良かったのに。

俯いても視界に入るのは、流れる灰色の地面と、意識せずとも勝手に動くお利口な脚に、揺れ動く黒い喪服のスカート。すべての色が重苦しい。

上下には、逃げ場がないので、左右は？　と首を垂直に立ててまわしてみる。前後は歩行に支障をきたしそうなので諦めた。

車道側である右隣には、私とは反対に前だけを見据えて歩くお父さん。少し歩き辛そうにしているのは、私に歩幅を合わせてくれているからだと思う。

左側はこげ茶色の、山肌が剝き出しになっている。その下には蓋無しの側溝があった。

このあと彼の入れてくれたタオルが必要になったときは、側溝に落ちたと言えば、不安にさせずに済むかなぁ。……無理だな。

彼は私以上に、私の感情に敏感だ。もっと言えば私は彼を通してしか、自分の感情に素直に向き合うことができない。

依存しているのだろうか？

でも悪い気はしない。

そんなことを考えて、思考を散らさす。そうでもしないと、今にも視界が眩みそうだった。

墓場に近づくにつれて、側溝にも石蓋と、金網の蓋が規則的に配置され始めた。途中のそれを見て、苦いものがこみ上げてきたが、奥歯を噛み締めて塞き止める。

前々回までは毎回、このあたりで吐いていた。顔の穴、全部からみっともなくいろんな水分を垂れ流してから、ろくちゃんの墓石に向かっていた。

でも今日は不思議と、こみ上げてくるものはあれど、噛み殺すことができる。

でも、過去の過ちを忘れ始めている兆候なのだとしたら？

底意地の悪い私が、背中越しにそう囁いた。

また、
成長していない、
同じことを、

何も学んでいない、
忘れようとしている、
身勝手だ、
懲りていない、
本質は変わらない、
過ちを繰り返す、
次は彼？
嫌な自問自答が、連想ゲームのように広がる。呼吸の自己主張が激しくなる。背中から脚までの筋肉が液体となって、一気に流れ落ちたように体がぐらついた。
「大丈夫か!?」
お父さんの声が聞こえた。顔を上げた私の顔を見たお父さんは、酷く悲しそうな顔をしていた。今の私は、どんな顔をしているんだろう。
ふと、お父さんの髪に目がいった。いつも通り、オールバックに纏めた髪はところどころ、白髪が混ざっている。目や口元には小皺が簡単に見つけられるようになっていた。裸眼で見たときには気づかなかったけど、歳を取っているらしい。同じ時代に生きているはずの私も、同じ速度で歳を取っているはずなのに、他人事のように感じてしまう。
私が「鈴木　慮」から奪った時間を今、私は生きている。
奪ったからといって、その分寿命が延びるわけでもないのに本当に。本当に。

「なにやってんだろ」

ぼやくように呟く。今まで、幾度となく繰り返してきた、後悔の仕方の一つ。そして、その結論はいつだって同じで事実として私は、

「大丈夫、うん、大丈夫」

自分に言い聞かせるように、口に出して言う。

これ以上はダメだ。そう、判断を下して思考を止める。

自責の念はそのまま自傷という行為に、安易に結びつく。でも自分を傷つけたところで、虚しくなるだけだ。最後はその虚しさの中で、命を落とす。

耳元でまた、「ろくちゃんみたいに？」という言葉が聞こえた気がしたけど、聞こえないふりをした。

その後は、特にトラブルもなく墓前まで辿り着いた。

まだ、花の活けていないお墓に、お父さんの持ってきた線香に私のライターで火をつける。煙草の煙に比べたら対して強くもないはずの、線香の香りが、目に染みるほどに感じられた。

合掌をしているあいだは、いつもは考えないことを考える。

自分のことなのに直視できない、どす黒い感情が顔を出す。

いったい何に謝ればいいのだろうか？

過去に取り返しのつかないことをしでかした私と、地続きの今の私。他人事のようにな

んて、考えていいはずがない。

謝ってすむようなことではないと、罵声交じりに散々言われてきたけど、謝る以外にあるのか？

いつもそうだった。表情に出ない動揺が、溜まり溜まって、苛立ちとして表に出る性格。これでいいことがあった試しがない。

「行く、か」

「うん」

切り上げ時が分からなくなっていたところに、お父さんが声をかけてくれた。それで、ようやく顔を上げて、もう一度墓石を見る。

やっぱり、名前の刻まれた、ただの直方体の石があるだけだった。

「あ」

後ろから、先に振り向いたお父さんの間の抜けた声が聞こえた。どうしたの？　と聞こうとして、振り向いて固まる。おそらく、私もお父さんと同じ顔をしていた。

「鈴木さ、ん」

口から、絞り出せたのはそれだけだった。

そこには、「鈴木　慮」の母親が立っていた。

気道が閉まって、思考がもつれながら広がっていく。

挨拶を、

いや、でも、前は水かけられたし、
また、殴られるかも、
けど、それは、私も同じことを、
でも、
意外なことに、鈴木さんの方から、声をかけられた。

「こんにちは」

舌が、普段使わない方向に捻じれて、つりそうになる。頭を下げて視線を逸らすことで、

「えぁっ、こっ、こんにちは」

何とか挨拶を返した。

頭を下げたのはいいけど、どう上げればいいのかが分からない。いや、普通に上げれば
いいだけなんだけど。

問題は顔を上げた後の、表情と会話だ。

「顔を上げてください」

「あ、はい」

なにも思いついていないけど、言われるがままに顔を上げた。

「え…」

そこにいたのは、私の知っている鈴木さんではなかった。

線の細い人だという印象自体は、前からあった。でも、今はピアノ線のような鋭さはな

く、むしろ緩い毛糸のような柔らかさがある。

「この前は、ごめんなさいね」

照れたように笑いながら鈴木さんが言う。

笑った。たしかに、鈴木さんが、笑って謝罪した。誰に？　私に、だ。

「あ、いえ、大丈夫、です」

「フフフ、そう。なら、よかった」

また笑った。無理矢理に張り付けられているような、不自然さはない。

お父さんは何も言わずにただ見ている。何かしらの行動を起こしても、事態は悪化するだけだと思っているのだろう。

それは正しい。前例がある。

「もう、来なくていいのに」

細められた目の奥に、僅かに敵意が灯る。

「いえ、そういう訳には…」

「あなた、恋したでしょ？」

唐突に、問いかけではなく断定気味に言われた。しかも親しげに。

表層の鈴木さんの表情は変わらないのに、その鉄仮面の下の表情は面白いぐらいにころころ変わる。いや、嘘。全然面白くない。むしろ怖い。

「あなたがもっと、悪い人だったら、よかったのに。そしたら、殺していたわ」

鈴木さんの手が私の頬に触れる。痛みは無く、ひんやりと冷たい。

「やっぱり、女の子は恋をすると、可愛くなるものね」

「い、そんな……」

たしかに、ここ一年は身なりに多少なり気を使うようになったけど。彼も、可愛くなったと言ってくれるが、正直あまりあてにしていない。

一応、私に惚れてるらしいし。贔屓目を一重二十重に通した意見は、参考にはならない。

「だから、あなたは、その方と幸せになって。もう、来なくていいの」

「いえ、でも、そんな訳には」

「再婚することになったの」

歌うように鈴木さんが切り出した。

再婚？　それで、もう私に来なくていいって。それって、つまり。

「慮さんは、どうなるんですか？」

「あなたがそれを言うの」

笑いながら鈴木さんが言う。

私は何を口走っているんだ。心配なんかしていい立場じゃないはずなのに。

「あ、えと、その、すみません」

どこかで言われた気のする、叱責で自分自身を罵る。

「別に、忘れる訳じゃないの。私はこれからも、あの子の母親。それに変わりはない」

「でも、」

「あなたを息子に会わせたくないの」

「え」

息子？「鈴木　慮」は一人っ子だったはずだ。ということは、

「新しい旦那様の、連れの子ですか」

「ええ」

なんで、私はこんなにもイラついているのだろう。分からない。でも、イヤだ。

このイヤは、従ってもいいイヤだろうか？　疑念が舌に纏わりついて、動きを鈍らせる。

ついでに、思考も停まった。

「慮さんのことは忘れるって、ことですか？」

思考が止まって、鈍った理性を感情が抑えつけた。舌先の支配権が感情に移る。

後ろで聞いているだけだったお父さんが、口を挟もうとした気がしたが、それより早く
鈴木さんが答えた。

「そんなことはないって言ったじゃない。あの子は私の大切な一人娘で、私はあの子の母
親。そして、あなたは、その大切な娘を奪った、人殺し」

鈴木さんの言葉に、明確な敵意が滲む。その感情は、私に向けられて然るべきものだ。

「私からあなたに、慮の事を忘れてなんて言うことは未来永劫、絶対にない」

私の頬の添えられた手が爪を立てる。しかしそれは一瞬で、すぐに手が離れた。

「でもね私、もう下を向くのに疲れたの。だから前に進ませて。お願い」

「……」

お願い、なんて言わないで欲しい。鈴木さんが私に、許しを得る必要なんて何もないはずなのに。

もっと言えば、私が鈴木さんの選択に口を出すような権利も当然ない。すでに、これ以上ないくらいに人生を歪ませているのだから。

「ほら、そんな顔しないで。私もいろいろ考えたの」

鈴木さんの言うそんな顔というのが、どんな顔なのかは分からない。自分の表情は自分じゃ分からない。でもそれは、きっと鈴木さんも同じだ。だから、きっと笑っているのも、無自覚なのだろう。

あぁ、そうか。どうして、鈴木さんに苛立ちを覚えたのか、分かった。

私に傷つけられて、命を絶った「鈴木　慮」が、母親からの思いの一部までも失くそうとしている。

それが憐れでならない。

どの口が言っているの？　と理性が叫んでいる。エゴだとか、傲慢なのは、十分理解している。それでも。

魂が叫べと命じても、実際に音になるまでには、記憶を辿り、経験を引っ張り出して、言葉を紡ぐ必要がある。

その過程に、本音を濁らせる余地が生まれた。

結局、口から搾り出された言葉は、そんな当たり障りの無い言葉だった。

「ぁ、再婚、おめでとぅ、ございます」

正直、自分でも驚いていた。

一度でも、敵意を抱いた相手に、ここまですんなりと矛を収める。昔の私が見たら、きっと、情けない大人だと言って蔑んでいた。

それでも、彼の下で安寧に浸って、鈍り、丸くなった。度量が増したと言えば、成長したような気にもなれる。でも、自分に嘘をつくことを知ったと言ってしまえば、それまで。

「ありがとう。あなたに言われても、何も嬉しくないけど。あなたも幸せになって。そして、もう、二度と来ないで」

「はい」

前回のような、感情のままに叩きつけられたような言葉ではなく、強制力のある提案。従うことが誠意だと、言われた気がした。

帰りの車内でのことは、ほとんど記憶に無い。行きと違って、起きてはいたはずだが、殆ど寝ているようなありさまだったと思う。

「昼飯、どうする?」

「かえりたい」

「そうか」

そんな会話があったことだけは、ぼんやりと覚えていた。お父さんの声と、ミラー越しの目元が優しげだった。

軽くお父さんにお礼を言って、フラフラと玄関に向かう。

玄関のドアを開けると、見慣れた光景が広がっていた。奥のリビングのドアから、彼が顔をのぞかせた。

「昼はどこかで食べた？」

時計は十五時前を表示していた。張り詰めたものが切れたこともあって、胃が空腹を訴え始めた。

「まだ」

「じゃぁ、適当に作るから、その間に着替えたりしておいで」

「うん」

Side　M

短い返事のあと寝室兼、自室に着替えに向かった彼女の背中を見送ったら、すぐさま調理に取り掛かった。と言っても、作るのは海鮮丼で具は既に浸かっているし、米はあと五分ほどで炊き上がるので、食器を用意するくらいしかやることはない。

そして、米が炊き上がるのと、化粧を落とした彼女が戻ってくるのは、ほとんど同時だった。

食卓にくたっと座ったところに丼と箸を置くと、小さく合掌してから食べ始める。

ゆっくり食事を楽しんでいる彼女の横に、飲み物を持って腰をおろした。

「美味しい？」

「ん」

「そ」

その後は、特に会話もなく黙々と食事をする。

冷え切っているとかではなく、なんと切り出せばいいのかを考えて踏み切るのを躊躇してしまう。まだ二回目だから、正確性は低いが今の彼女は、落ち込んでいるようには見えない。

普段から大体こんな感じだ。そう、普段通り。

去年は墓参りに行く前は、吐いたり、目を覚まさなくなったり、寝たまま泣き続けていた。

帰ってきてからは、取っ組み合い？　をした。

だけど、今回はどうだ？

普通にしている。

普通に食事を摂っている。

ここまで何も無いと、逆に聞くのが怖い。

口に出すのも嫌なことがあったのだとしたら？　それを俺に悟られないために、無理して気丈に振る舞っているのでは？　もしくは、気が動転していて、彼女自身知らず知らずのうちに、記憶に蓋をしているのかも。

あり得ないと笑い飛ばすことはできない。

結局、会話を交わさないまま、二人して食事を終えた。

一緒に暮らしているのだから、話すことが無いときだってある。だけど今は話したいことがあるのに、俺が踏み出せないでいた。

食事を終えた彼女は食器をシンクに置くと、今朝、二人で使っていた大きいクッションを窓際まで引っ張っていき、そこにダイブした。どうやら、昼寝を慣行するらしい。

朝とは一転して、麗かな日の光の差し込む窓辺。天気予報は大外れだった。

紫外線カットフィルムを窓ガラスに貼り付けているから、日焼け止めの必要無しの、絶好の昼寝スポットとなっている。

お腹の上で手を組んで腹部を上下させる彼女を見て考える。

問題はどうやって、話を切り出すか。そこは一切解決していない。だからと言って、悠長に考えていれば、彼女が本格的に寝始めてしまう。

「今日さ、鈴木さんに会ったんだ」

意外なことに彼女から話を切り出された。

意を決してという風ではなく、なんとなく今日あったことを話すという感じで。

「うん」

「再婚するんだって、鈴木さん」

「へぇ、めでたい」

「鈴木さんじゃなくなるんだって」

「まぁ、そうだろうね」

新しい旦那さんの苗字になるだろう。

「もう、来なくていいんだって」

「そう」

二人きりになって、完全に気の抜けた彼女の話は、眠気のせいか要領を得ない。それでも、俺は相槌を打って耳を傾ける。

「そんときはさぁ、凄くイライラして」

「うん」

イライラしている彼女か。普段の、のっそりしている姿からは、あまり想像できない。

「私、ろくちゃんはどうなっちゃうんですか？　って聞いちゃったんだよね。ほんと、何様だよって思う」

「そっか」

「でもね、最後はおめでとうございますって言えたんだ」

「へぇ」

「お願いって。前に進ませてって、言われてさ。そんなこと鈴木さんに言われたら、もう何も言えない」

「うん」

「それに、あなたも幸せになって、なんて言われてさ」

「ほぉ」

「私さぁ、幸せになっていいのかな?」

彼女の声は乾いてる。

湿り気を帯びず、喜怒哀楽の感情を持ち込まず、ただ淡々と疑問を並べていく。

「鈴木さんにお願いされたから、幸せになるのかな?」

「……」

「鈴木さんにお願いされなくてもさ、一緒に暮らし始めてからは、幸せではあったんだよ」

「……うん」

ここまでハッキリ言われると恥ずかしいな。眠くて、口が緩くなっているのだろうか?

「でも、これからは鈴木さんに言われたから、幸せに暮らすのかな?」

「あー」

彼女の言いたいことは分かる。

誰かの願いでなる幸せは本物の幸せか？　ということだろう。

恥ずかしいくらいに真っ直ぐな疑問だが、納得する落とし所のない疑問でもある。

幸せの定義は？　なんていう哲学は俺には難しすぎるので、置いておくとして。確かに、幸せなんて本人が望むものであり、誰かに望まれるものではない。

親が子の幸せを願うように、望まれることもあるが、それは大前提として子に幸せになりたいという意志があってこそのものだと思っている。

彼女は自己判断を人に委ねることが多い。それは、過去の自分の選択に絶対の間違いがあったというトラウマに基づく、自身への信頼の無さが原因だろう。

そんな彼女は、俺があれこれやってと、お願いすれば、大抵のことは実践してくれる。ここ一年ほど観察して、試していないから不確実ではあるが、死ぬ一歩手前くらいならば実行に移すだろうということも分かっている。

ただそれは、残念なことに俺にだけという訳ではなく誰にでもそうなのだ。

道端で声をかけられれば、懇切丁寧に対応して時には自己犠牲の精神すら見せる。元来の性格故ではなく、自戒のように自身に課している。

彼女の場合、それで得る満足感よりも擦り減る精神の方が、割合として大きくなる傾向にあるようで、結果として人の多い日中の外出を嫌っているのだろう。

話を戻すと、幸せになってと言われれば、彼女は幸せになろうとしてしまう。自分の意志ではなく、誰かの願いで。

彼女の欲しい答えを考えれば良い、というものではない。

鈴木さんという方も、別れ際に面倒なことを彼女に刷り込んだものだ。もしかしたら、鈴木さんなりの、最後の呪いだったのだろうか？

そんな邪推をしてしまう。

よし。

「俺は一回も、『俺が君を幸せにするよ☆』みたいなことを言ったことは無い、筈だよね」

「そういえば、プロポーズされてなかったわぁー。してぇー」

「うん、また今度。でも幸せでは、あってくれたんでしょ？」

質問しといて、恥ずかしくなる。

「うん」

「それは、幸せになろうとしてなった訳では無くて、気がついたらなっていたって感じだと思うんだけど。合ってる？」

「あってるー」

「多分だけど幸せって、なろうとしてなれるものじゃないんだよ」

ギリギリまだ寝ていないことを確認して、言葉を続けた。

「それでも、誰かが誰かの幸せを願うのは、遠足の前日に、明日晴れますようにー、って願うようなもの。自分がどうこうできるとかではないけど、祈らずにはいられない。それが、幸せを願うってことだと思うよ」

「あー」

「だから、お願いされたからとか関係なく、幸せって、なるときはなるもの、くらいに考えて後は流れに身を任せてもいいんじゃない」

「…」

「納得した？」

「スー、スー」

寝てた。まぁ、返事もぽわぽわしていたし、寝る寸前だったのだろう。

一度、部屋を見渡してから再度、彼女を見た。

掃除をしたばかりの部屋。

麗かな日差し。

秋を先取りしたような快適な気温。

使い慣れたクッション。

追加で、満腹。

それらに誘い出された睡魔に身を委ねる彼女。

もしかしたら、世間は彼女が幸せを得ることを面白く思わないのかもしれない。過去に人を死に追いやり、法に裁かれず、善悪はどうであれ民意によって裁かれた。

だけど実際はどうだろうか？　世間が拒んでいるとか関係なく、もっと言えば俺が願う必要を全く感じない。

彼女は今、充分過ぎるくらいに、幸せの渦中にある。

Side　F

昔の夢を見た。

初めて煙草を吸ったときのことだ。

最初は体に悪いという評判に釣られて購入した。

これで早く死ねるかも。

そんな薄暗い希望を胸に、当時まだ慣れないライターに悪戦苦闘しながら、火をつけた日のこと。

夕方、空が朱色に染まり出した時間帯だったのを覚えている。たしか最初は、酷く咽せた。それはもう盛大に咽せた。一番キツイのを購入したんだから当然だ。

それでも四、五口目には慣れていて、自分は意外と喫煙に向いていたことを知った。

熱っぽい煙を吐き出すとそれに伴って冷えていく指先と、煙で覆われる視界がなんとなく心地よかった。

暗い記憶のはずなのに、救われたような。複雑な心境での目覚めは中途半端な覚醒を私にもたらす。

寝ぼけ眼であたりを見渡しても見つからず、不安に駆られた私は起きてすぐの張り付く喉で、彼の名前を必死に呼んだ。

夢の中では当たり前だったはずの、私一人という事象がとても恐ろしく思えた。

慌てて彼が台所から飛んできたところで、意識が完全に覚醒して羞恥心に悶えるハメになった。

そんな私を見て更に心配する彼と、その心配のしようから如何に私が、母猫を呼ぶ子猫のように必死に、彼を呼んだのかが窺えて更に悶えた。

「た、たばこ、すってくる！」

逃げるようにしてベランダに出るも、煙草を持っていないことに気がついた。取りに戻るも見つからず、それも彼が見つけてくれた。再度ベランダへ出て、一人で冷静になると自分の動揺具合にいっそのこと、笑ってしまう。

愉快な気持ちのまま潰れた箱から煙草を取り出して咥え、火をつけた。

この一連の動作にも慣れたものだ。夢で見たあのときと同じ匂いが、同じく夕方の空に広がる。再放送みたいな同じ景色。

でもあのときほど救われた気持ちにもなれない。だけど、暗くもならない。

美味しい。そう思えることもまた、私の変わった証のように思えた。

そういえば、煙草を渡されたときに彼が言っていた、「やっと勝てた」というのはどういう意味だろう？

これを吸い終わったら、聞いてみよう。

後日譚

Side F

天井を蹴るようにしてあげた脚が、ＬＥＤの光に照らされる。昼間、寒さに負けて引っ張り出したタイツに包まれた脚は、チョコレートを纏った棒状のお菓子のようだった。

綺麗かなぁ？

彼は綺麗だと言っていたけど、本当だろうか？

少なくとも、私にはそうは思えない。

ただ細いだけ。触ってみても、何の面白味もなく、骨張っている。

脚自体には傷は無いけど、タイツには伝線があるようで、布地の触り心地を邪魔している。

うつ伏せに寝返りを打って、ベージュのソファに顔をうずめた。消臭成分の匂いがする。以前の私だけだった部屋からは、絶対にすることの無かった匂いだ。

無垢と言うには私自身が汚れすぎている。本当にただ細くて、傷が無いだけの脚。何も良いことを成し遂げてこなかった。あっ、でも逃げるのには役に立っていた。そう考えると、そこまで馬鹿にすることもできない。

もしかして、彼は脚フェチなのだろうか？　だから、綺麗だと言ったのでは？　それで、脚だったらなんでもいいとか？　お手入れとかした方がいいのかな？

でも、そうなるといくつか問題が出てくる。まず、私が何かしたいと言えば、彼は可能な限り手助けをしてくれると思う。それこそ、献身的と言えるほどに。

それで、彼に負担をかけるのでは本末転倒もいいところだ。

「ただいまっ」

うんうん悩んでいると、ドアの開く音と同時に、少し息を切らした声が帰宅を告げた。ソファで横になって帰りを待っていたので、起き上がろうとすると腰がベキベキと、可愛くない音を鳴らす。

「おかえり」

普段よりも汗の匂いが、強い気がする。急いで帰ってきたのだろうか？

今日も働いてきたのだなぁ。自宅警備に勤しんでいた私は、チクリとした罪悪感が滲む。

彼は外の冷たい空気も剥がされないうちに、ソファに座り直した私の前に立って言った。

「ごめん、姉さんが来ることになった」

「え？」

「一応、連絡はしたんだけど」

「見てない」

「だよね」

携帯は布団の横で力尽きている。最後に充電をしたのはいつだったか？

一ヶ月はしていないのは、確実だ。

「仕事がこっちであったらしくて、それで今日、泊めて欲しいって言われてさ。一緒に住んでいる人がいるから無理って言ったんだけど、そしたら、会いたいって聞かなくて」

「うん」

一緒に住んでいる人、か。

三ヶ月前にお互いの合意のもと、一緒に住むことになった。いろいろすっ飛ばした感はあるけど、今のところ後悔はしていない。

でも、未だに『一緒に住んでいる』とか言われるのには慣れない。足の甲がわさわさする。

「無理だったら、無理って言っていいよ。ここは君の家だし」

「でも、お姉さんはどうするの？」

「姉さんも社会人だし、ビジネスホテルとか、方法はいくらでもあるでしょ」

「……うん。いいんじゃない」

「本当に？　無理してない？」

「だいじょぶ」

正直、お姉さんが来るというのは、あまり気分は良くなかった。

彼は事あるごとに、ここが私の家だと言ってくれる。食事や家事は全て彼がしてくれているので、私だけのテリトリーだという意識は当然ない。

でも、私と彼以外の部外者が入るとなると、話は別だ。嫌だ、あっちいけ、と子供みたいな感情が顔を出す。

だけど、と思考は別の方向を向いて、動き出す。

今のところはだけど、私が彼と一緒に入れる時間には限りがある。どちらかが病気で死ぬとかではなくて、この奇妙な同居を始めるときに決めた。

その期間は二年。二年経ったら、どうするのかとかは特に決めていない。

今のところはあまり不満を感じることは無く、三ヶ月が経過した。つまり、既に八分の一を消費している。

期限が設けられているというのは、悠長な私にとってはかなり大きな意味を持つ。焦りを生んでくれるのだ。

彼がいなくなったあとのことを考えるのは心苦しいけど、彼以外とも関わりを持って生きていかなければならない。

そう考えれば、これは良い予行演習のようにも思えた。

打算一〇〇%の味気無い考えが、私に少しだけ、彼以外と関わる気を引き起こさせる。

その後、電話してくると言って、彼はベランダに出ていった。季節は十二月。わざわざ寒い外に行かなくてもいいのに。

そう思う反面、彼の数少ない人間味を垣間見ているような気がして、嬉しくなった。家族と話しているところを、家族以外の人間に見られるのは恥ずかしい。その気持ちは私にもよく分かる。

「十九時くらいに来るって」

「何か手伝おうか？」

「……お風呂入った？」

遠回しに、何もしなくていいと言われた？

「入った」

「じゃあ、俺も入ってくるから、そのあいだに姉さんが来たら、対応お願い」

「え？」

今の時刻は十八時を少し回ったところ。お姉さんが来るまで五十分近くある。そんなに長風呂をする気なのだろうか？

そのことを聞く間もなく、彼は風呂場に向かった。まぁ、心の準備くらいはしておこう。

「……」

落ち着かない。意識し出したら、加速度的にソワソワが増していく。

どんな人だろう？　優しい人だといいな。でも仲の良い兄弟、いやこの場合は姉弟？ほど補い合うために性格が反対になるという。

彼の反対ということは、粗暴な人ということになる。

……やめよう。

会った事も無い人に粗暴だとか。

きっと、優しい人だ。うん。仲の良い姉弟云々は、きっと迷信だ。

そう自分に言い聞かせたけど、ソワソワは治らない。掃除機でもかけようか？　でも、それは昼間に暇潰しでしてしまった。

もう一度してもいいけど……。

突如、リビングに来訪者を告げるチャイムが響いた。時計を見れば時刻は、十八時四十八分を表示していた。

早過ぎる。

いやいや。もしかしたら、宗教勧誘とかかもしれない。普段から、「親いません」で追い払っていたけど、この時間帯なら親が家にいる確率が高いと踏んで来たのかもしれない。

残念ながら、一人暮らしの成人女の家に親がいることの方が稀なので、的外れもいい所だが。

確認のために玄関に向かう途中で、ドアモニターの存在を思い出したが引き返す気にはなれなかった。

さらにもう一度チャイムが鳴った。急かされているような気がして、途中から駆け足になる。特に長い訳でもない廊下では、全速力に到達する前に、ドアの前についた。

タイル張りの土間に裸足で降りて、覗き穴から外を窺う。

足裏が冷え切ったタイルによって冷まされて、足元の感覚と現実味が薄くなる。でも今は構っている暇はない。私の視力に問題があるので、暗い外は殆ど見えないけど、誰かいるということだけは分かった。

……だからなんだ。お義姉さんか、宗教勧誘か判断できていない。こんなことなら、眼鏡を持ってくれば良かった。今からでも取りに戻るか？　前使ったとき、どこに置いたか思い出せないから、却下。

ダメだ。状況は何も好転していない。

ドアの前に来ただけだ。

開ける？

彼が風呂から出てくるのを待つ？

自分で判断しないといけない場面に直面すると、頭を抱えて蹲ってしまいたくなる。頼れる人がいるという安心感を知ってしまった今は、以前のように自棄を多分に含んだ行動もできなくなってしまった。

もう嫌だ。

ガチャリと、ドアの開く音がしたのは、私が下を向きかけたときだった。そういえば、と彼が帰ってきたときの様子を思い出す。

かなり慌てていた。だとしたら、いつもは帰ってきたと同時に施錠する玄関のドアの鍵を、締め忘れていたとしても何も不思議なことはない。

「へぇ」

女性の声だった。

どういう意味での、「へえ」なのかは分からない。ただ、私が下だということだけは、分かった。

まず、目線。私は蹲っていて、声の主は、その私を見下ろしている。

次に、装い。私の脚は、裸足で冷たい土間の上にある。声の主の現在、唯一窺える足元は、綺麗な形のソックスブーツが包み込んでいる。

最後に、匂い。強すぎない甘い香水の奥に、彼と同じ汗の匂いがした。

あぁ、この人も働く人だ。

「ふふっ」

笑われた。いや、嘲われた。

惨めな姿を見せている自覚はあるけど、やっぱり、いい気持ちにはなれない。下を向いていた顔が、そのまま膝の間にまで落ちていく。

嫌だなぁ。しばらく、こうしていれば何処かに行ってくれないだろうか。

「……、」

「っ！」

名前を呼ばれた気がして、反射的に顔を上げてしまった。

なんで？　知ってるの？

そんな疑問が浮上しかけて、現状を思い出して再び沈んでいった。

今、私を見下ろすこの影は彼のお姉さんだ。事前に彼が名前を教えていても不思議ではない。

宗教勧誘の線は、ドアを開けられたときに消えている。

ただでさえ暗いのに、更に影から見上げた私には、お義姉さんの顔は、視力の問題もあって全く見えない。それは多少の違いはあっても、だいたいはあちらも同じはず。

だから、表情は見えていない。目線もどこに向いているのかは分からない。

それなのに、私はとてつもない威圧感を感じていた。喉が貼り付いて声が出せない。幸い、しゃがみ込んでいたので、倒れることは無かった。だけど今度は、腰が抜けて立ち上がることはできない。

初対面の人と話すことに臆したことは今まで生きてきて、一度もなかった。自分本意が故だと気づくまでは「誰とでも楽しく話せる私スゴイ!!」と思い、自分の強みだと信じて疑わなかった。

今でも強みだとまでは行かなくても、苦手ではないくらいには思っている。だけどそれも今日まで。

頭の中が目の前の人の存在で埋め尽くされて、思考が止まる。今までも絡まって言葉が出なくなることはあっても、止まるというのは初めての経験だった。

大きな手が、私に迫ってきた。

あ、詰んだ。

Side M

髪の乾きも疎らなままに、洗面所から飛び出した。姉さんに会いたい気持ちを抑えることができなかった、という訳ではなく彼女の安否を確かめるためだ。

普段から、過保護だという自覚はある。

学生時代からの親友に、「相手を思いやることと、何もできない子供のように軽んじることは違う」と言われて以来、気をつけてはいる。

それもあって平時であれば、いちいち風呂に入るだけでここまで焦ることは無い。だけど、今回は非常時。

風呂上がりということを差し引いても、喉がひりつくほどに渇いている。

「そんなに慌てなくても、取って食べたりはしないのに。それとも、お姉様が恋しかった？」

聞き慣れた、電話越しとはまた違う声が、濡れた耳穴から入って鼓膜を揺らした。

首がギギギッと鳴りそうなほど、力を込めて両目をそちらに向ける。反対側には、外に続く玄関があり、現実逃避という誘惑が手招きしていた。それを振り切るのに、かなりに力を要する。

「久しぶり、姉さん」

ソファに座っている姉さんの背中に言った。

「直接は、久しぶり。あんたも変わり無さそう。こんなに可愛い娘を、連れ込む？　ことを覚えたこと以外は」

そう言って、姉さんが笑う。口を三日月のように歪めてケタケタと笑っている表情は、鏡のようになっている窓に反射していた。

腰まである長い黒髪もあって、日本人形を想起させる。特に理由もなく、不気味さを醸し出すという点においても同じだ。

目は一切笑っておらず、感情が読めない。姉さんの膝の上に、座らされてぬいぐるみのように固まっている彼女は、怯えて声も出ないようで俯いている。できることなら、俺も同じように俯いてしまいたい。

しかし、彼女の長い前髪の奥から覗くすがるような目が、そうはさせてはくれない。

「連れ込んだ訳じゃない」

今、言えることはこれしかなかった。

かなり大きいマンションの一室であるここが彼女のものだとか、そこに俺が居候しているだとか、むしろ俺が居候させてもらった側だとか。そこらへんを説明しだせば、彼女と遭遇した経緯まで説明させられる。

「へぇ、じゃあ、どうやって手籠めにしたの？　奥手で、ヘタレなあんたが」

言葉の端々に棘が見え隠れし、その棘は猛毒で濡れている。掛かれば、ズルズルと情報が引きずり出されることは想像に難くない。

「手籠めにもしていない」

「知ってる。全然、そういうニオイがしないから」

「におい？　ちゃんと消臭はしているからじゃない」

「恋仲の男女が同棲中の家のニオイじゃないって言ってるの。相変わらず、察しが悪くてイライラする」

だったら来なければいいのに。そんな言葉が舌先まで出かけたが、それをぐっと堪えて、一旦深呼吸をする。風呂上がりということもあって、頭に血が昇っているのかもしれない。

姉さんの膝の上で縮こまっている彼女は、白蛇のような左手が頭頂部から前髪にかけて撫で、また、頭頂部に触れる度に肩をビクつかせている。空いている右手は彼女の胴体に回して、逃げないように抑えていた。

ぬいぐるみを抱いて癒される社会人女性という構図に近いはずだ。それなのに、何故だろう。昔見た、鶏を絞め殺して丸呑みにする直前の大蛇の様子を撮影した動画のことを思い出した。

取って食べようとしているようにしか見えない。

「仕事の方はどうなの？」

「え、ああ仕事は、うまくやってるよ」

話題を急に変えられる、この感覚は久しぶりだ。

姉さんは頭がいい。

これは家族自慢とかではなく、事実として聡明。どっかの私立の大学の学費全額免除の特待生枠を勝ち取ったりするくらいだから、相当優秀らしい。

ただ、それが原因で、こちらが納得する前に自己解決していることがしばしばある。

「でしょうね。そこらへん、アンタはワタシよりも上手くやるものね」

「姉さんの方はどうなの？」

「相変わらず。辞めたいの、一言に尽きるけど、そうもいかないのが社会人の辛いところ。でしょ？」

「いや、俺は辞めたいとか思ってないから。あそこの人には、せっかく雇ってもらったんだから、感謝している」

「ハッ。感謝とか、そんな臭いことよく言えたことで」

「茶化されると恥ずかしくなるから、止めてほしい」

「だったら、もっと恥ずかしそうな顔をしなさい」

そう言われても、表情が硬いのは昔からなのでどうしようもない。

「アンタのほうがワタシの仕事向いていると思うの」

「だとしても、俺はなろうとも思えなかったし、なろうともしなかったから。前提が成り立っていない」

「それもそうね。でも最近、もしも、ってよく思うの」

「姉さんは心に触れる。俺は体に触れる。だから、今の形に落ち着いたんだと、俺は思うよ」

「ワタシは思わない。人の心に触れるのはいつだって怖いのよ。アンタみたいに頑丈じゃない。それなのに、続ける意味って？」

「今、怖いからでしょ」

「は？」

「いや、その煽りとかじゃなくて、」

虎の尾を踏んだ。口が緩んで、いらんことを言ってしまった。

弁明を口にすべく、開きかけたときだった。

「たすけてぇ」

蚊の鳴くような声で彼女が、助けを求めてきた。すっかり忘れていたが、彼女は今姉さんに捕縛されているんだった。

「忘れてた」

姉さんも忘れていたらしい。

意外なことに、あっさり腕を離れた。僅か数歩の距離を、彼女は器用に脚をもつれさせながら、倒れるようにして俺の後ろに回り込んだ。

「ごめん」

何に対して彼女に謝っているのかは、自分でもよく分かっていない。

「ごめん」

ただ、申し訳なさだけが先走って謝罪の言葉が溢れる。

「懐かれてるのね」

「そんな犬猫みたいに」

「小腹空いたから何か作って」

すっかり砕けた様子で、姉さんが言った。こういう雰囲気がコロコロ変わるのも、掴み所の無さを助長させている気がする。

「別にいいけど、何がいい？」

「枝豆、揚げ出し豆腐、梅キュウ、ポキ、」

「俺は飲まないから」

姉さんの言いたいことは分かった。

リクエストは、全部酒の相方として優秀な料理ばかりで、さっきは気づかなかったけど、ソファの隅にコンビニのビニール袋が置いてある。大方、あのなかに酒でも買ってきているのだろう。

キッチンに立ってから改めて考えると、姉さんの言った料理は食材がないので、ほとんど作れない。唯一、梅キュウが作れるので調理に取り掛かりたいのだけど。

「離れてもらえます」

未だに、俺の背後から離れない彼女に言う。俯いたまま、シャツの端を握りしめる姿は、見ていて非常に庇護欲を掻き立てられる。

だが、包丁を使うのでできれば離れてほしい。

「……むり」

いやとかではなくて、無理ときたか。よっぽど姉さんが怖かったのだろうか？

無理かぁ、そうかぁ。

納得したので、そのままにすることにした。

調理といっても、切って、合えて、皿に盛るだけ。

仕上げとして、姉さんに持っていく。これは彼女に任せることにした。

多少の相性の問題はあると思うけど、彼女には姉さんと仲良くして欲しい、と彼氏で弟の俺は勝手に思う。だから、ちょっとだけ彼女に頑張ってもらう。

「これ姉さんに持っていって」

「へっ」

「大丈夫、悪い人じゃない。ちょっと、舞い上がっちゃってただけだと思うから」

「でも、」

「持っていくだけ」

「うん……」

まだ、不安そうだったけど、渋々、本当に渋々、持っていってくれた。

よしよし。姉さんの考えが分からないのはいつものことだ。でも、悪意や害意で行動していないことだけは、長い付き合いもあって何となく分かる。

蛇の前に立たされた子犬のように怯えて腰の引けた彼女を、蛇な姉さんはニマニマしながら見ていた。そして、礼か何か彼女に言ってから、今度は、優しく頭を撫でる。ねっとりと自分の匂いを擦り付けるようにではなく、優しく形を整えるような手つきに、彼女はうっとりしているのが見てとれた。

最初から、それをすればいいのにとは、口が裂けても言えない。実は彼女は、姉さんより年上だということも言わないでおこう。

初対面の人にはいつもああなのだ。やりようは違えど、自身の優位を示さないと気が済まない性分は、俺と同じく臆病故なのだろう。

そんな二人の様子を見守りながら、彼女と俺の分の梅キュウを作る。

余ったキュウリが三本だったので三本使ったけど、必然、刻み梅も多く使う。作り置きしていたものだけでは、足りなさそうだったので、追加で梅を刻んで入れた。

「まさか、一品だけ？」

手はそのままに、人形のように首だけをグリンとこちらに向けて、姉さんが言った。怖いって。

「すぐに」

はい、作ります。

とは言っても、本当に食材がない。元々、今日は外に食べに行く気だったから、姉さんが晩酌を始めたのは完全に想定外だった。

野菜室の中にあったのは、貰い物の長芋が二本。以上。

肉、魚も無い。

卵があったので、取り敢えず出汁巻きを作る。卵二個に白出汁を多めに。

火加減に気をつけつつ、形を整える。長皿に盛り付けて、食べやすい大きさに切り分けるのも忘れない。

端の方を食べて味見。うん、うまい、はず。少し塩辛く感じるが、酒のツマミだし、こんなものだろう。

不安だったので、戻ってきた彼女の口にもう片方の出汁巻きの端をねじ込む。

「おいしい？」

「…うん」

「じゃ、これもお願い」

さっきと同じく、彼女に持っていってもらう。

姉さんの方に目をやると、既に二本目を開けていた。

白と黒の色合いの缶にレモンが印刷されている。

缶酒には明るくないので不確かだが、あれって結構アルコールの度数が高いやつでは？

ぽこぽこ空けて大丈夫なのか？　吐くなよ？　そんな心配をしつつ、次の調理に取り掛かる。

長芋の皮を少し勿体ないくらい厚めに剝いて、短冊切りにする。すぐに変色するから、手早く行う。あとは、皿に盛り付けて、鰹節をのせ、醤油を適量回しかけた。

これもまた、超簡単な一品。

彼女に、料理を姉さんに持っていってもらおうと顔を上げた。

彼女はいなかった。ついでに、姉さんもいなかった。

どこに？　と周囲を見回そうとしたが、もう遅かった。

背後から、両手で側頭部を包み込むようにして摑まれた。身長的に彼女はあり得ず、こんなことをするのは姉さんくらいなので、背後に誰がいるかは分かった。

ただ、何をされるのかが、まったく分からない。取り敢えず、包丁を調理台の奥の方に追いやる。万が一にも落ちないようにだ。俺が何か言って聞くような人じゃない。それを踏まえての、咄嗟の判断だった。

そのまま、左手が顎下に回ってきて、無理矢理振り向かされた。首だけ持っていかれては堪らないので体も回すが、左脇腹に過度な力がかかって痛みが走る。

振り返った（振り返らされた）ら、案の定、姉さんがいた。

ただ、子供のような無邪気な笑顔だった。相変わらず、顔はいいなぁ、とぼんやりと思う反面、悪寒が背中を往復する。

「……、…」

目を見て、と言われているような気がした。

言われるがままに、目を見ると、俺も、目を見つめられる。

この感覚は久しぶりだった。

黒い目に吸い込まれるような錯覚に陥る。

目を、見つめら、れると、蛇、の前、の蛙、のように、動けなく、なる。

Side F

頭上で起きている光景に理解が追いつかない。

お義姉さんは私より頭一つ以上身長が高い。彼はそれよりも更に高い。

私の身長が低いということもあるけど、それでも二人とも高身長の部類に入ると思う。

だから、その光景を口を半開きにしたまま、見上げることしかできなかった。

いや、それは嘘だ。

方法はいくらでもあった。

手を伸ばせば、いくら身長差があっても届いた筈だ。今は手を縛られている訳でもない。

それなのに、動かなかったのは私。

だから頭上の光景を、作り出した原因に私もいる。

叫びたい衝動に駆られるが幸いなことに、体は驚愕と絶望感で一切、力を入れることができない。本日二度目の感覚だった。

「ぷはっ」

　お義姉さんが色っぽく息を吐いた。時間にすれば二十秒にも満たないはずなのに、酷く鮮明に私の眼球に焼き付く。その熱がそのまま、涙となって頬を流れた。このまま、涙と一緒に蒸発して、消えてしまいたくなった。

「ちょっと、ごめんね」

「へ」

　今度は私に向けてお義姉さんが言った。勝ち誇っているような感じでもなく、嘲笑っているわけでもない。酷く淡々としていて、まだ作業の途中だと言わんばかりだった。

　これ以上、何をするのだろう？　玄関で会ったときと同じように、お義姉さんの大きな手が私の肩を抱き寄せた。力加減のようなものが、彼とどこか似ていて、咄嗟に抵抗できない。

　お義姉さんの後ろからでは、お義姉さんが一瞬揺れたようにしか、見えなかったけど、その次の瞬間、さっきまで私が立っていた場所に彼が倒れた。

「えっ!?」

　なんで？　という疑問。次に、どうやって？　が浮上して、お義姉さんに対する警戒を城壁として作り上げた。さっきまでの恐怖を敵意が覆い隠す。

「離れてください」

　若干声が震えているのが自分でも分かる。

　喫煙中でもないのに、手足の熱が引いていく。それに引っ張られるように、頭も芯から冷えていく。

敵対の意志を示すように吐き捨てた言葉。相手が誰であれ、お義姉さんと彼の間に立った私には、それを言う責任があるような気がした。

「くふふ、」

「何が、おかしいんですか」

精一杯の言葉だった。表情は取り繕えても、感情までは手が回らない。

また、伸びてきた手に体が硬まる。

「っ！」

「…大丈夫、寝てるだけ」

お義姉さんが溶けそうなほど優しい声音と掌で、私の鼓膜と頬を撫でた。

「え？」

久しぶりに嗅いだ強いアルコールのにおいに、意識が持っていかれて聞き逃しそうになったけど、なんとか捉えることができた。

寝てるだけ？

すぐに彼の口元に耳を近づけて確認をしたら確かに、普段はしないアルコールの匂いと、いつも聞いていている規則正しい彼の寝息だった。

「……良かったぁ」

「薬でも飲ませたと思ったの？」

図星だった。顔が熱くなるのと裏腹に、冷や汗が背中を流れる。

「ご、ごめんなさい」

「気にしないでいいのに。というか、目の前で自分の彼氏にあんなことした女によく頭なんて下げれるわね」

「か、彼氏じゃない、です。それに、その、姉弟だし、」

「いやいや、姉弟でも普通はしないから！　あはははっ！」

さっきまでのクールな女性の姿は嘘のように霧散して、今は幼さすら感じられるほどの砕けっぷりを見せていた。酔っている？　それともこちらが素なのだろうか？

「でも、なんで急に彼は眠ったりしたんですか？」

「……実は、ワタシ、魔法が使えるの」

「えぇ!?」

驚きだった。でも、そしたら色々なことに辻褄があうような気がする。

「いや、ウソウソ。信じないでよ、こんなくだらないこと」

「すみません」

「さっきから、謝ってばかり」

「すみ、あ、えと」

どうしよう、よく考えたら、お父さんと彼以外の人と面と向かって二人きりで話をするのは、半年くらいぶりだった。

しかも相手は、見た感じは立派な社会人。引きこもりでニートの私とは対照的な存在。なにより、彼の親族だ。

いつも通り、というわけにもいかない。

こういうときに、後ろに隠れさせてくれる彼も、今は私の後ろで眠っている。

そこ代わって！　と彼に助けも求められず、たじたじになっていく。そして、それを楽しんでいるような綺麗な笑顔で、お義姉さんが私を見つめてくる。

「そ、そういえば」

ええい、どもるな。

「彼が、その、急に寝たのはどうして、ですか？」

「あぁ、それはね。これよ、これ」

そう言って、お義姉さんが片手に持っていった酒の缶をチャプチャプと揺らした。

「コイツね、すごーく、酒に弱いのよ。一瞬で寝ちゃうくらいに」

「それって、大丈夫なんですか？」

酩酊してからの睡魔って気絶に近いって以前、何かで見た記憶がある。もしそれが本当なら、彼はかなり危ない状態なのではないか。最悪の事態が脳裏を過る。

「さぁ？」

お義姉さんは、軽い調子で言った。

本当にこの人は、彼の家族なのだろうか？　と苛立ち交じりの疑問が沸いてくる。

「ま、その時はその時よ」

そう、あっけらかんと言ってのけるのは、確かに彼の面影を思わせた。

彼も時折、聞いているこちらが怖くなるような踏ん切りの良さを見せることがある。ただ、明確な違いとして、そこに誰かを巻き込むかどうかの線引きはしっかりとあった。もし、巻き込むにしても責任を背負い込む覚悟は見せてくる。

「それよりも、面白いのがコイツね、酒を飲んで寝るとね、その直前の記憶が飛ぶらしいの。だから、ワタシもこの手が何度も使えてるのよ」

「何度も、って」

感情が抜け駆けして声を張り上げそうになるのを、お義姉さんの人差し指が私の唇と一緒に抑えつけた。舌の付け根あたりで、せき止められた呼吸で、むせそうになった。

「そんなに、怖い顔しないで。ワタシも本当なら弟の彼女の前で、こんなことしたくない。でもね、これはあなたのためでもあるの」

「どういうことですか？」

彼女じゃないという、否定は一旦おいておくとして、言葉の真意を読み取れない。

さっきの光景がフラッシュバックする。あれがどうやったら、弟の彼女のためになるというのだろう？

「それを説明する前に、」

「まえに？」

「先に、食べちゃいましょうか」

そう言って、彼が作っていた料理を指さした。

皿の中には、白い野菜、長芋だろうか？　に鰹節と醤油がかかっているものが盛り付けられていた。時間が経って、少し変色している。

「あっちに持っていって。ワタシはコイツを持っていくから」

本音はお義姉さんに任せるのは嫌だったけど、私では完全に寝入った彼を動かすのは無理そうだったので諦めた。それに、無防備な彼を見ていると……いや、これはだめだ。止めよう。

お義姉さんは彼の片足を掴むと、そのまま片手で大きなぬいぐるみでも引きずるように、ソファの近くまで持ってきた。

細腕の成人女性が、自分よりも大きい成人男性を引きずって近づいてくるのは、シュール以外のなにものでもなかった。

「で、なにを言うんだったっけ？」

威を正して待ち構えてみれば、隣に座ったお義姉さんがそんなことを言った。

もしかしなくても、やっぱりお義姉さん酔ってる？

「なんで、私のためになるんですか？」

「あぁ、それそれ。うーん……ねぇ、もう、弟とセックスした？」

「ごぶっふ！」

予想外の角度からの問いかけに、今度は思いっきりむせた。何も口に含んでいなかったはずなのに、何かしらが気管に入ってしまう。

「けふぉ。うぇっ、あ、ええと、それはどういう」

「そのままの意味」

落ち着いてから聞き返せば、即座に答えが返ってきた。

「……まだ、です」

「知ってる。大方、コイツのことだから、自分から手は出さないだろうし、見ていた感じアナタも消極的ときた」

酔っているのか、お義姉さんのどこか演技じみた口調も相まって、思わず聞き入ってしまう。

「いい？　同棲して三ヶ月も経つ男女が未だに一度も、まぐあわないのは正直言って異常」

「はい……」

自覚はあった。特に特別な関係になることもなく、彼の自由を奪っている。なにより、それを良しとしている彼に私が甘えている。

「ワタシが聞いた限りだと、あなたたちは付き合ってもいない。でもそれが悪いと言っているわけじゃないの。付き合い方なんて、関係性の数だけあって然るべきだしね。たとえ、ワタシに隠していることがあるとしても」

彼と同じ鳶色の目をしたお義姉さんが、含みを持たせて言う。

「……」

「うん。沈黙は金よ。賢い子は好き」

笑うように細められた目が私を射抜く。

「なにが言いたいかというと、弟にすがるだけすがって、必要なくなったら棄てる。そんなスタンスを保っているのは、卑怯じゃない？」

何も言えなかった。

私は彼になにも与えられていない。その事実はあまりにも大きい。

ただ受け取るだけ。これでは、時間の搾取となにも変わらない。

「でも、私なんかにあげられるものなんて、」

言い訳が口をつく。

「自分のことを『なんか』なんて絶対に言っちゃだめ。もっと自信を持ちなさい」

以前、彼にも同じようなことを言われたことを思い出した。自信を持って、と言われても持ちすぎれば、毒になることは身をもって知っている。

測りにくいのに、持ち過ぎれば毒。

だったら、最初から持ちたくない。そんな甘えた考えが顔を覗かせる。

「それとも、傷つけたいって思うのが怖い？」

ビクン!?　と大きく肩が跳ねる。

言い当てられて、顔全体が熱を持ったように熱くなる。

「な、なんで」

まさか彼が、と首が動きそうになったが、それは無いと切り捨ててお義姉さんを見る。

「ワタシ、精神科医なの。まだ研修医だけど。だから、そういう衝動に悩んでる人なんて見たらわかるの」

「ええ!?」

すごい。私の知っている精神科医とは違う。心療内科にはもう何年も行ってないけど、進歩しているということだろう。

「ウソよ」

嘘だった。

「ワタシがそういうのが特別分かるってだけ。あ、精神科医で研修医なのは本当。アイツから聞いてない？」

「聞いてないです」

「なんも話していないのね」

「ハハ、」

乾いた笑いしか出なかった。彼はあまり自分以外の人について話したがらない気がある。私もさして、彼以外には興味はないので聞いてこなかった。

そして、お義姉さんの言うとおり、私にはあまり喜ばしくない癖がある。それも、かなり強めの。

「弟は知ってるの？」

「分からないです」

「というと？」

「前、というか会ったばかりだった頃に、少し喧嘩になって。そのときに、たまたま馬乗り？　みたい感じになったんですけど」

気付かれたかも、と言い切る前に、お義姉さんが遮った。

「どこがいい？」

「へ？」

箸を逆手に握り直した右手をお義姉さんは、振り上げて聞いてきた。その先端は私に、ではなく床に突っ伏している彼に向いていた。

投げれば床に突き刺さる。馬鹿げた空想が現実になる。そんな確信を抱いてしまうような、純粋な怒気がお義姉さんから溢れかえっていた。

「そんなことをする奴だとは思っていなかった。まさか、いくら喧嘩になったからって女の子に馬乗りになるなんて。ごめんなさい。弟だから、なんていう贔屓目が入っていたの。二度とそんな真似できないようにしてから、簀巻きにして返す。あぁ、安心して。顔だけは見れる程度にはしとくから。で、最初はどこがいい？」

淡々と口上を述べるように言うお義姉さんの目は、人形のような見た目も相まって、ひどく無機質なものに見えた。精巧な瑠璃細工のような目が、揺らぎなく彼を射抜いている。

このままじゃ不味いという判断を、脳みそが下すよりも早く舌が跳ねる。

「いや、違うんです！」

「合意の上だったの？」

「それも、違いますけど」

「じゃあ、違わない」

「私が上だったんで！」

「女の子に負けるような、軟弱者に育てたつもりもなくってよ」

「でも、でも」

言葉が続かない。

否定だけが前にしゃしゃり出ては、前傾姿勢になった思考がバランスを崩していく。ダメだ、という感情が、どうすればいいか？　と考えることを邪魔して鈍らせた。それでも重くなったからといって、止める訳にもいかない。

焦りが顔を覗かせる。

「落ち着いて」

冷や水が耳を打った。

いや、実際にはそんなことは無いのだけど、お義姉さんの凛とした声が茹だりそうになった、頭を冷やした。

「慌てさせて、ごめんなさい。大丈夫、あなたは何も悪くない。私が弟を突き放すことを、あなたがそんなに苦しまないで」

いつのまにか重ねられた手が暖かい。

隣に座っているだけなので聞こえるはずも無い鼓動が、手を伝って感じ取れるようだった。さっきまでの酔っ払いのような雰囲気ではなく、頼れる一人の大人がいた。

昔、何度かカウンセリングを受けたこともあった。ただ、違うのはその時のカウンセラーは私が何をしたのか知っていて、だから何を言われても、酷く人工的で、壁と話しているように感じられた。

でも、今は違う。

この人は何も知らない。

私のことを知らない。

だから、優しく感じられる。

「あなたが、とても優しくて、弟を大切に思ってくれていることはわかった」

お義姉さんが言った。

「ただね、それをあなたも言葉に、形に、行動にしないといけない」

……あぁ。やっぱり。

「どうかした？」

私が変なところで納得していると、それに気付いたお義姉さんが聞いてきた。

「いや、やっぱり姉弟なんだなぁって」

「え？」

「あぁ、いや、べつに悪い意味じゃなくて。彼にも言われたことがあったので」

「屈辱」

そう言うお義姉さんは笑っていた。

said S

弟に彼女ができた。いや、正確には彼女ではなくて、一緒に住んでいる異性がいる。

その話を母親から聞いたときに真っ先に浮かんだ感情は、安堵だった。十数年一緒に生きてきた姉弟でありながら、恋人の影が見えた試しが一度もない弟を心配に思うことは、お節介だとは分かっていてもやめられなかった。

そんな弟が成長を見せた。これが嬉しくない訳がない。

しかし、同時に不安もあった。

弟と一緒に住んでいる女というのは、どんな人なのだろう？　と。

最初は些細な疑問だった。

弟は本性がどうであれ、社会に出て偽ることができるくらいには、常識的なヤツだということは理解している。

ただ、それは、偽る必要があるくらいに、異常なまでに常識的すぎる節があるのも、また事実だった。

困っている人がいたら助ける。それが、当たり前だと言ってしまえるのが弟だ。言ってることも、行いも正しい。どちらも正しくない二択を迫られようと、最善とその先の結果を考えて、よりよい選択をする。

それ自体は悪いことではない。

問題は、その精度にある。

多くの場合において、常に人は正しくありたいと思う。ただ実際は、そうもいかないのが現実で間違いを冒す。ときには選択の数よりも多くの間違いすら冒す。

弟は、あくまでワタシの知る限りだが、そういった善悪の選択において間違いを冒した試しがない。もっと言えば、間違いすらも最終的には正解のための道筋にしてしまう。

どう足掻いても、最後は全て弟の思うままになっている。しかも、本人にはその自覚がないときた。

絶対に幸せになる天性の才能。それが怖くなって、ワタシは実家を出た。

いつか、アイツの言っていることが正しいと思い込むようになる。そうすればワタシも幸せになれると信じ込んでしまう。そんな、確信めいた妄想に囚われて逃げ出した。

母親は、それが分かっていたようだったけど、何も言わなかった。

そんな尻尾を巻いて逃げたワタシだったけど、一つの懸念があった。

弟は誰と生涯を添い遂げるのだろう？

幸せになれる弟は、誰をその幸せの源にするのだろう？

母親からの朗報を受けて尚、嬉しさの反面、その疑問がワタシの中から消え去ることは無かった。

そんなモヤモヤした日が何日か続き、爆発した。きっかけは、何の気無しにかけた電話だった。

『もしもし？　どうしたの、姉さん』

電話越しに聞こえる弟の声は、少し疲れているようだった。その奥から車の行き交う音が聞こえるので、職場から帰る途中だろう。

「今、大丈夫？」

分かってはいても、確認をしてしまう。ちょっとした、自分の癖が、自覚しているだけに煩わしい。

『大丈夫』

「そう。お母さんから聞いたよ。女の子と一緒に住んでいるんだって？」

『うん。まぁ』

「どんな娘なのかなぁって、気になって」

『あぁ、そういう』

「で、どんな娘なの？」

『普通の人だよ』

そんなありきたりな話を、からかい混じりに聞いていく。

ほとんどの回答が、無難なものばかりで、何かを隠しているのでは？　そう勘ぐりたくなる。好奇心に従って会話を続けていると、相手はほとんどニートと変わらないような状態らしい。

初耳だったし、何より母がワタシに言わなかったということも考えにくいことから、母にも言っていないのだろう。

そうなると、少し訝しんで考えてしまう。

「写真とか無いの？」

『写真が嫌いな人だから』

その言葉を聞いた瞬間、ワタシの心に二つの滲みが芽生えた。

一つは単なるヒモ。

同棲しているという家も全部弟持ちで、その後、病気があるとか言って治療費という名目で金銭を搾取するという計画のもとで、弟に擦り寄った。

証拠を残さないために、写真を撮らせないのも納得がいく。

次に弟の嘘。

これは、単に目も当てられないくらいに、憐れむことになるだけだ。最悪は、ワタシの勧めている病院への通院をすすめる。

「今日あんたの家、泊めて。彼女さんにも会いたいし」

そんなことを気がつけば口走っていた。

ルームシェア中の弟の家に押しかける。

最悪な行為だという自覚はありつつも、少しワクワクしている自分がいるのもまた事実で。爪先と踵で違う重力を感じながら、弟の家に向かった。

道中、電車のシートに揺られながら、いろいろなことを考えた。

内容は主に弟とワタシ自身のことだ。

ワタシの数少ない友人曰く、弟はヒモを飼いやすいタイプらしい。思い当たる節が半分、首を傾げたくなるような言動に心当たりがあるのが半分といったことを、その時は伝えたが今にして思えば、当たっていたのかもしれない。

ヒモなら、まだいい。

付き合い方は、関係性の数だけある。

ただそれを隠れ蓑にして、害を為すようなら。黒い感情が立ち込めた。

昔、小さい頃に見た映画のセリフで、「何にだって初めてはある」というのを、今でも覚えている。

もし、弟にとっての初めてが今なのだとしたら？

疑心暗鬼だ。

紛れもなく妄想に囚われている。

「変われてない」

電車が大きく揺れて、相槌を打たれたような気がした。

事前に聞いた住所に着くと、目測で数えることはできないほどの階層を誇るマンションが建っていた。

引っ越したとは聞いていたけど、随分と奮発したものだ。弟の意外な一面を見たような気がした。

フロントはたまたま出てくる人がいたので、そのまま素知らぬ顔ですれ違うようにして通り抜けた。鍵がないと開かない自動ドアなんて、今どきセキュリティにもならない。

音のほとんどしないエレベーターに揺られて浮遊感を感じること数秒。事前に教えてもらっていた階層に到着した。エレベーターの扉の向こう側には、頭上だけではなく足元もほんのりとライトが照らしてある。こんなの、ホテルでしか見たことがない。

弟は普段から、こんないい生活を送っているのか。何か美味しくないものが、胃の腑に沈澱していくのを感じる。

玄関で蹲っていた、ヒモ（仮）に、怯えさせるようなことをしたのは、その腹いせもあった。具体的には扉の向こうに気配はあるのに、なかなか出てこないから、こっちから開けてやった。ヒモ（仮）さんを小脇に抱えて、勝手に上がり込んだのもその一環だった。

終始、固まって言葉を発しなかったヒモ（仮）さんだったけど、閉まっている引き戸の前を通る時だけ、そこに縋り付くような視線を向けた。

水の跳ねる音がすることから、おそらくこの奥は浴室で、弟は今シャワー中。仕事から帰ってすぐということを考えれば、分からなくはないけど。来訪者がいるというのに、呑気に風呂に入る神経は理解できない。

ふと、壁掛けの時計が目に入った。あぁ、どうやら、約束の時間よりも早く着いていたらしい。まぁ、遅れるよりはいいか。

リビングには、ダイニングキッチンと、窓に向くようにして置かれたソファがあるだけだった。実家でも、弟の部屋は常に物が少ないイメージだったが、ここでもかと溜息が出そうになる。

小脇に抱えたヒモ（仮）さんに目を向ける。

肌艶は良く、髪質も良い。これはまぁ、いい。

ただ、左手の親指の爪だけ噛んだ跡がある。噛んだ跡のある指以外は、綺麗に揃えられていた。

塞がっていない右手で頭を抱えたくなった。

大方、この爪の手入れも弟がしたのだろう。両手だけでなく、足の爪まで跪いて、一本一本を丁寧に。

気味が悪い、というのが正直な感想。

ヒモ（仮）さんには悪いけど、そこまで、身だしなみに気を使っているようには見えない。

しかし、これは、あまりにも……。

献身と隷属の間を反復横跳びするのが、弟の求めていた幸せだとでも言うのだろうか？

自分の中の、弟に対して持っていた印象が次々と崩れていく。

落ち着こう。

そう思い、一旦ソファに腰を下ろして、小脇に抱えていたヒモ（仮）さんを膝の上に置いた。

ここまでの間、ヒモ（仮）さんは一言も、言葉を発していない。口を塞いでいるわけでもない。

「ねぇ、あなた、お名前はなんて言うの？」

なんとなく声が聞きたくなって、ヒモ（仮）さんの名前を尋ねてみた。そう言えば、本人確認とかしていなかった。

「……………」

しばらく待っても、返事は無かった。

無視というわけではなく、怯えて声が出ないのだろう。ワタシの場合は、初対面だとよくあることなので、今更傷ついたりはしない。さっきの行動も関係あるのだろうけど。

ただ、対面して話を聞き出す必要のあるカウンセラーとしては、この上無くマイナスだという自覚も同時にある。それでも、大抵は話しているうちに、打ち解けていくのだけど。

鏡のようになっている窓に映るヒモ（仮）さんは、完全に俯いており、対話の意思が感じられない。

それに、こんなか弱い小動物みたいな女が弟の好み？

ベッドに押し倒している様子がまるで想像できない。欲情する前に、庇護欲が勝ちそうな外見。体を重ねずに、口先だけで籠絡したのだろうか？

いや、ありえない。口はよく回る方な弟が、騙す側のような気がする。ますます訳が分からない。

幾つかヒモ（仮）さんに聞きたい、もとい鎌を掛けてみたいのだが、会話をできそうにない。

どうしたものかと、手頃な位置にある頭を撫でながら考えていると、足音が聞こえてきた。慌てているのが、手に取るように分かる。

「そんなに慌てなくても、取って食べたりはしないのに」

「久しぶり、姉さん」

それから、少しだけ弟と久しぶりの会話を楽しんでいると、膝の上に置いたままだったヒモ（仮）さんが、初めて口を開いた。

「たすけてぇ～」

あまりにも、ヒョロヒョロとしたか細い声だったが、しっかりと聞こえた。それは弟も同じだったようで、一瞬、ハッとした顔になる。

どうやら忘れていたらしい。

同じく、すっかり忘れていたワタシも手を離した。

僅か数歩の距離なのに、転びそうになり、最後は弟が手を伸ばして抱きとめるような形になった。そして、弟の後ろに回り込んだヒモ（仮）さんの表情が分かりやすく、緩む。

詐欺うんぬんは、またしても、ワタシの考えすぎだったらしい。

「ごめん」

曖昧に謝る弟の表情には、嫌われやしないかと、不安なのが見てとれる。それだけなら、見せつけやがってコノヤロウで済むのだが……。

「ごめん」

何に対して謝っているのか不明瞭なまま謝罪をする姿は、ワタシの知っている、正しい弟ではなかった。

情けなくて、悩んでばかりで、今にも選択を間違えそうな。

弱くなった、というのが正直な感想で、それに安心している自分がいる。家族として、姉として、弟の人間としてのマイナスな成長に安堵するのは正しいことではない。

人間味が増したと言えば、それは純粋な成長のような気もする。たまに忘れそうになるが、ワタシの知っている人達は、ワタシの知らないところでも生きている、らしい。歳を重ねても実感の湧かないその事実を、改めて突きつけられた気がした。

それは、これ以上変わる必要のないと思えていた弟も同じだったようだ。

成長、してんだ。

他人事でありながらも、しみじみとそう思った。

「帰るわ」

時刻が二十二時を少し過ぎたあたりで彼女さんに告げた。

弟をいつもの手順で、眠らせた後はガールズなトークを楽しんだ。それにも満足した。

ここに来た目的は、もう達成したと言える。

弟と一緒に住んでいるのはいい子。訳アリそうだが、それはワタシの考えることではないような気がする。二人が乗り越えるべき課題だろう。

「え？　もう、遅いですよ」

ワタシのことが怖いくせに、そんなことを言う。お人好し、というにはどこかぎこちなく、自己犠牲が前提にあるような。

弟に通じるものを感じなくもないが、上手にはできていないようだ。苦労しているなぁ、と床で突っ伏している愚弟に視線を向ける。

「あなたたちの邪魔をするのも悪いから。元からそのつもりで、近くにホテルはとってるの」

嘘だ。弟にも教えていないが、私の家は、電車を使えばここからそう遠くない場所にある。

「え？」

「じゃあね。勝手に家に入ってごめんなさい。弟を衝動的に殺したくなったら、ワタシに言って。理由次第で対処するから。あと、煙草はほどほどに。それと、酒で眠らせたやり方、弟には内緒ね。約束。じゃっ」

謝罪とお節介と約束を強引に押しつけて、二人の愛の巣（予定）を出た。

エレベーターまでの廊下を大股で足を出すたびに、実家を出た日のことが脳裏を駆け巡った。今は、逃げている訳ではないはずなのに。

あぁー、ワタシも彼氏つくろ。

Side M

覚醒に要する時間というのは、体調の些細な変化による誤差がある。しかし、俺の場合はその誤差もほとんどない。

簡単に言えば無茶苦茶に寝起きが良い。眠りから目が覚めた瞬間から、日中とほとんど変わらない思考ができるのは、密かな自慢だったりもする。

そして、自分が密かに自信を持っていることほど、打ち砕かれたときの情けなさは大きい。

「大丈夫？　水いる？」

ちょうど今のように。

心配そうに俺の顔を覗く彼女が、少しだけ心強く思えた。それが尚のこと情けなさを、増長させる。

「うっ！」

起き上がろうとしたが、脳の神経と床が張り付いているような痛みに襲われて断念した。三ヶ月前に感じた痛みと比べたら、いや、やっぱり同じくらい痛いかも。

「手、貸して」

「姉さんは？」

「帰った」

そう言って彼女は返事を待たずに、俺の右手を掴むと、自身の胸元に引き寄せた。何をするのか疑問に思っていると、揉み始めた。彼女が両手の小指を俺の指の間に絡めて、掌の皮を張り、そこを親指でモミモミと押している。

ツボを全然捉えていないし、ただ、まばらに押しているだけ。押す力も弱すぎて、刺激されている気が全くしない。ついでに言えば、酔いに効果は殆どない。

そんなお世辞にも、上手いとは言えないマッサージだが、彼女の少し低い体温が、俺の手へ流れ込んでくるようで心地良い。

このまままもう一度、目を瞑ってしまおうか？　というところで手は離されて、今度は反対の手を揉み始めた。

しばらくの間そうやっていると、安静にしていたのが効いたのか、彼女の謎パワーが利いたのか定かではないが、起き上がれるくらいには回復した。

「もう大丈夫？」

「大丈夫」

床にあぐらをかく俺と、同じく床に膝を抱えて座る彼女。

さっきとは一転して、俺が彼女をやや見下ろす形になる。たまに忘れそうなるが、彼女は俺よりも歳上で、姉さんよりも上だ。

……見えねぇー。

高校生でも通るような見た目。いや、中学生でもいけるか？　大学生という方が無理がある。

容姿が可愛いというよりも美人寄りなのが救いで、まだ大人の面影が見えなくもない。

「どうしたの？」

「いや、大分、楽になった。ありがと」

「ふへへ」

そう言ってむず痒そうに笑う彼女。成人女性の面影は霧散していく。

「いくつだったけ？」

「何が？」

「年齢」

「今年で二十七です」

うん。知ってた。三ヶ月前に聞いた。

あと、三年もすれば三十代に突入するらしい。

うそだぁー。

「嘘だぁー」

「うっ、嘘じゃねーし！」

うっかり、口に出てしまった。

ダメだな。酔いがまだ完全に醒めていない。

今なら何を口走っても酔いのせいにできるのでは？

あ、酔い、と言えば。

「姉さんは、どうやって俺に酒を飲ませてた？」

そう、ずっとこれを聞きたかった。

今までは周りに誰も見ている人がいなかったから、聞けなかった。でも、今回は彼女が見ていた筈だ。それが分かれば、次からは対策ができる。

「い、」

「い？」

「言わない」

うーん。言えないとか、知らないではなく、言わないときたか。まぁ、彼女がそういう言い方をするのだったら、仕方がない。大方、姉さんに強引に言うなとか約束させられたのだろう。

「そう」

「いいの？」

「何が？」

「いや、べつに」

彼女が何を言いたいのかは理解していた。

ただ、子供っぽい感情が少しだけ疼いて、分からないふりをした。

「コンビニ行ってくる」

「え」

「お腹空いた」

姉さんの襲来もあって、仕事が終わってから何も口にしていないことを思い出した途端に、今度は空腹に襲われた。

時間は二十三時前に差し掛かっている。店は、コンビニくらいしか開いていないだろう。

「私も行く」

「珍しい」

「襲われたら助けないとだから」

それは、俺が襲われたらということだろうか？　だとしたら、実に心強くて、彼女らしい理由だった。

コートを羽織ってからスマホをポケットに入れて、玄関で彼女が来るのを待った。大して、時間をおかずに彼女は来たが、服装はさっきまでと何も変わっていない。

夏でも着ていたオーバーサイズのTシャツワンピースの下に、ハイネックとタイツを着ているだけ。極薄インナーに対する厚い信頼があるのは構わないが、自身の体にも、労りの心をほんの少しだけ向けてほしい。

「外、けっこう寒いよ」

「いいの」

そう言ってこれも夏と同じく、裸足のままサンダルを引っ掛ける。見ているこっちが寒い。

何か着せるものを取ってこようと、靴を脱ごうとしたが、我関せずとばかりに彼女はドアを開ける。

口笛が聞こえた。

引き絞られた風の金切り声だったのか、彼女が実際に吹いたのか。

夜空に映える満月の周りには、厚い雲が影を作っていた。

彼女を見るために、もしくは彼女に見てもらうために、今だけ顔を出したかのようだ。

案の定、その小さな肩は震えている。それなのにどこか満足そうで、まぁいいかと思ってしまう。

「ほら、行こう」

いつのまにか引率される側になっていたらしい。今にも踊り出しそうな彼女の首根っこ、ではなく手を取った。

「傘」

「な、なに」

「雨降りそうだから一応持って」

「あぁ」

靴箱にかけてあったビニール傘を彼女に渡す。俺は自分の折り畳み傘があるので、それを持って外に出ようとすると、不満げな陰が彼女の表情から見てとれた。

「どうした？」

「一本で良くない」

「あー」

これは、彼女なりの相合傘をしましょう、というお誘いだろうか？　それとも、単に手荷物が増えるのが面倒なのか？　おそらく後者だが、どちらにせよ問題があった。

「風呂にも入った後だし濡れたくないかな」

そう説明はするものの、自分でも言ってて酷いなぁと感じなくはない。ただ、姉さんの襲来もあって今日は疲れていることもあり、雨で濡れたらもう一度風呂に入ろうとは思えなかった。

何より、彼女には雨に濡れて欲しくない。

本音が後付けのような顔で隠れる。

「そう」

特に気に触った様子もなく彼女は部屋の外に出た。そして、ガチャリと鍵を閉めて、歩き出した。

　マンションを出て、コンビニに向かう道すがら、隣に並んで歩くのが随分久しぶりなことに気がついた。

「こうやって、夜歩くの久しぶりだね。というか、初めて会った日以来」

「私は外に出ることそのものが久しぶり」

　前を向いたまま、彼女が言った。

　たしかに、と苦笑しながら相槌を打って今日までの日々を思い出した。

　食材や、生活用品を買うときは大抵は俺が仕事帰りに買って帰るし、必要なものがあれば、そのときに買っていっていた。休日も、エブリディ休日な彼女の生体観察に精をだしていたので、俺も同じく引きこもりになっていた。俺も彼女の引きこもりに知らず知らずのうちに、助力していたのかもしれない。

「今度からは、たまにでいいから、一緒におでかけしましょうか」

「敬語」

「あ、ごめん」

「なんで？」

「一緒に歩くのが楽しい」

「そう？　変なの」

　くすぐったそうに彼女が笑う。

一緒に歩くのが楽しい、か。自分で言ってから気がついたが、楽しいというよりも、楽という方が正確なのかもしれない。低い身長ながら目一杯に脚を伸ばして歩く彼女と、歩くのが遅い俺とでは自然と歩幅が合うようで、意識せずとも常に横にはつむじが見える。

三ヶ月というのが、誰かと一緒にいる時間として長いか短いかは分からない。ただ、三ヶ月もの間、こうして二人で並んで歩く時間を、無駄にしてきたのかと思うと長いように感じる。

楽しい時間はあっという間とはいうが、コンビニまでの道のりは普段よりも長く感じた。時間が渋滞して、冷えた空気が湿り気に加えて粘り気まで持ち始めたのかと思うほどだった。

特に急ぐことも無い。どうせ明日は休みだ。

ゆっくりと歩く。揺れるつむじを視界の端に捉えたまま。会話が無くても気まずくは無い。

居心地が悪くないから、歩く速度は落ちていくばかりだった。それは途中で雨が降り始めて、傘を差してからも、彼女のつむじと俺の肩の距離が少し広がっても変わらず。コンビニに辿り着いたのは、普段の倍近い時間を使った頃だった。

「煙草、吸ってる」

それだけ言うと彼女は、スタンド灰皿の方に向かっていった。ちゃっかり、煙草を持ってきていたらしい。今日は姉さんがいて、ベランダで吸えていなかったからか、とても軽やかに見えた。素気無いというよりも、自分に正直な背中。

その軽やかな足取りで、どこかに行ってしまうのでは？

煙草に負けた俺は拗ねて、そんな事を考えてしまう。前はこんなことを考えたりはしなかったはずなのに。

酒がまだ残っているのかもしれない。

店内を物色している間、俺も心なしか早足になる。しかしそれは、軽やかさというよりも、焦燥感に背を押されるような形だった。

「ありっあたー!!」

コンビニから出るときに俺を押し出すような、バイトの青年の元気かつ、てきとうな挨拶。それが聞こえたのか、灰皿スタンドの近くでしゃがみこんでいた彼女が顔を上げた。

煙草を咥えたままこちらを見つめる彼女。警察が見たら補導まっしぐらだな。

「終わったよ」

「はひはっふぁ？」

煙草を咥えたまま聞いてきた。火の着いた先端が、ピコピコ動く。

「梅とツナのおにぎりと、チキンサラダ」

レジ袋の中身に対して感想を言うでもなく、煙草をスタンド灰皿の中に放り込んだ。まだ、かなり残っていたように見えたが。

「終わるまで待ったのに」

「二本目だからいい」

そう言って壁に立てかけられていた傘を取ると、その先端を俺に向けた。そして、静止。

不思議と俺の視線は手前の傘よりも、奥に向く。下手な言葉よりも無表情の方がよっぽど、彼女の感情を詳細に表していた。

「怒ってる？」

「どうしてだと思う？」

質問に対して肯定を含んだ質問で返された。

正直、今は思いあたる節が多すぎて、どれのことやら。

「……わからない」

数秒悩んだ挙句、結局素直に口にした。

「思い当たる節が無い？」

「ありすぎてなんとも」

「だよね」

「はい」

「正直ね、私も何に対して怒っているのか、いや、怒っているのかどうかすらも分からないの」

彼女は続ける。

「お義姉さんと会って、緊張して、解けて、緩んで。その揺り戻しで不安定になっているだけなのかも」

「ごめん」

「謝らないでよ。あなたも、お義姉さんも悪くない。私が人と普段から関わるのを避けている結果」

「うん」

「でも」

彼女の声色が変わる。疲れてきたのか、傘を掲げている手がプルプル震えていた。

「そんな私のお願いを、あなたはどうした？」

ああ。分かった。

これは、八つ当たりだ。いや、言い方が悪いな。行き所の無い、黒くて硬い感情の正当化。

「断ったね」

それがどうした？　と今にも言わんばかりの、風体を装って答えた。今、彼女がしたいことは怒ることだ。

そのためには、謝るだけでは不足だろう。自ら、不備を作ってそこを指摘させる。芝居みたいに。

そうやって、言葉を吐き出させようとした俺を、彼女は可哀想なものを見るような目で見ていた。

かった。


「ダメだよ」

そして、それだけ言った。

バンッ。

透明なビニール傘越しの彼女は霞んでいたが、悔しそうに笑っていたのはなんとなく分かった。

「帰ったらすぐにお風呂に入らないとじゃない？」

掲げていた傘をようやくおろして、手をぷらぷらと振りながら、彼女がわざとらしく言う。ビニール傘についていた水滴を、正面から浴びた俺も言わないと。

「相合傘してくれませんか？」

「折り畳み傘をお持ちのようですけど」

「してくれませんか？」

「まぁ、いいでしょう」

「ありがと」

さっきまで俺の顔に、ビニール傘を突きつけるのに使っていたのとは反対の手で持たれる傘の下に潜り込んだ。

「よし、帰ろう」

そう息巻く彼女には「持とうか？」とは言う気になれず、受け骨に頭を小突かれながらマンションまで帰った。

　案の定、俺の肩、というよりも半身はびしょ濡れになる。冷えていく体とは裏腹に、表情は溶けそうだった。

「一応、言っておくとね」

　同じく肩を濡らす彼女がそう前置いて続ける。

「お陰様で私はもう、けっこう大丈夫になったから」

「うん」

「最初のがアレだったから、心配してくれるのも分かるけど」

　どこか遠くを見ながら笑う彼女。

「それと、お義姉さんいい人だね」

　付け加えるようにして彼女が言うのを聞いて、口角が上がるのが、鏡で見なくても分かった。

「よかった。正直、どうなることかと思ってたから」

「まぁ、その、わからなくもない」

　珍しく控えめに言葉を濁す彼女。

「一緒にいてくれて、私はすごく助かってるよ」

　こっちはハッキリと聞こえた。

　彼女の見上げる先には雲間から月が覗いており、降りしきる雨がキラキラと照らされて、光を降らせていた。

「よかった。うん、よかったよ」

「これからも、ずっと、一緒にいてくれたら嬉しいくらい、に」

最後は途切れ気味になった彼女の言葉。

「俺もだよ」

それが、内心では嬉しさに悶える俺に言える、精一杯の言葉だった。

1

Side M

目が覚める。

数秒後にアラームが鳴る。

ピピピピッ、ピピピピッ。

よし。

アラームを止めて、体を起こした。

枕元のスマホのロック画面に表示された時刻は四時ちょうど。いつもどおりの起床時間。

ベッドから足を下ろしたところで、地面が崩れたような感触に身構えた。体勢を僅かに崩したが、この程度で転ぶことはない。

足裏に伝う敷布団の柔らかな感触で、昨日のことを思い出した。

敷布団で寝息をたてる眼下の女性。この人をいろいろあって、自宅に招き入れた。……よく考えたら、異性を自宅にあげたのは初めてじゃないか。

「ん」

吐息混じりの声に、心臓が跳ねた。丈の長いスカートが一部はだけて、傷一つない陶器のような脚が覗く。

起こしてはいけないと、ゆっくり布団から足を離した。そして反対側からベッドを下り、ベッドと布団を迂回して、忍び足で居間に向かう。

なぜここまでコソコソしなければいけないのか？　この女性を助けたのは俺で言うなれば俺は恩人にあたる筈だ。なぜ気遣うようなことをしているのだろう？

なりゆきとは言え、一度手を差し伸べた責任がある。確かに、それは正しい。

だからといって、俺が個人で責任を抱え込むのは間違っているような気もする。

分かっていることは、自分でもよく分からないうちに、自然とそうしてしまったということ。

寝室を出るときに、少しだけ暗闇に慣れてきた目で、布団で寝息をたてる女性を見る。

悪い気はしなかった。

居間は当然だが、電灯はついていない。手を壁に這わせてスイッチに触れてから、寝室に灯りが漏れるかもと思い、そのままにして手を離す。

三年も住んでいれば、暗くても困ることはあまり無い。台所の電灯のヒモを引いて灯りをつけると、光が目の神経を刺すがそれも何度か瞬きをすると消えていった。

台所からの灯りだけで、照らされた居間は新鮮に感じる。普段よく見えているところが、見えづらくて、そのぶん照らされている一部分だけが鮮明。

乾かしていた薬缶に水を入れて火にかける。コンロは最近、調子が悪いのか、二、三回ツマミをまわしてようやく着火した。備えつけの物を使ってたけど、そろそろ買い換えどきかもしれない。

薬缶が鳴くまでの間は、いつもならその日の予定のことを考える。

何をするのか、誰に会うのか、どこに行くのか。そういったことを考えて、その日一日の計画を大まかに作る。

ただ今日はそんな気分にはなれず、というよりも、昨日起きたこと以外、考えられない。

観念して、昨日のことを整理してみた。

あの女性が暴漢に襲われていて、助けを求められたから助けた。ついでに暴漢に暴力で対抗した。以上。

なんだ。こうして事実だけを並べれば、単純なことだった。

いや。見方を変えれば、双方を助けた、ということにはならないだろうか？　……ならないな。

助けたとは言っても、いまいち優越感に浸ることもできない。理由は分からない。もしかしたら、あの暴漢に同情でもしたのかもしれない。

素人目に見ても、あきらかに不慣れな犯行。それでいて、これ以外に道はないと言わんばかりの気迫。表情は暗くて見えなかったが、きっと苦しそうにしていたに違いない。彼にも彼なりの理由があったことは、容易に想像できる。

鬱々とした感情ばかりが湧いてきては、付随してあの女性の顔が思い浮かぶ。だからと言って、あのとき女性を助けないという選択肢はなかった。しかしそうなると、もっといい選択はなかったのか？

自分は何かを間違えたのではないのか？

思い上がりもいいところな疑問が、次々と降っては胃の底に沈澱していく。

そのまま、後ろ暗い感情と結びつきそうになるが、頭を振ってそれを拒む。あの女性を助ける選択をしたのは俺自身なのに、勝手に憂鬱の象徴にするというのはあまりにも勝手だ。

話が単純で纏まり過ぎていて、何度考えても堂々巡りから抜け出せない。そこを突如、甲高い音が遮った。

あの女性の悲鳴、とかではなく薬缶の悲鳴だった。慌てて火を止める。

止めてから、何で慌てたのかは自分でもよく分からず、煩く感じたからだと強引に納得して飲み下す。これ以上の疑問を抱えられるような気がしない。

インスタントコーヒーの素をマグカップの底に薄く敷いて、たった今沸いたばかりの湯を注ぐ。

熱で溶けて、こびりつくようにして広がる。それを洗い流すように、湯が色づきながら溜まっていった。思考にも同じように色が戻っていく。

嗅ぎ慣れたコーヒーの香りが居間を、無味乾燥な空間から少しだけ、垢抜けさせた。

一口、含んで飲み込む。

口内と喉を熱で傷付けながら、体を通っていく感覚に意識を向けた。普段は見ることのない、体内という空間の存在を実感する。

風呂に浸かって毛細血管が広がって手足が痺れる感覚にも似た、心地よい痛みの安心感。

「まず、」

一人暮らしが長いと独り言が増えると聞いてから気をつけていたが、今日は敢えて口に出して、確認をする。いや、そうしないと整理ができない。

「被害は？」

無い。昨夜、あの場にいた、俺を含め、無いはずだ。

各々が多少なり精神的に傷は負ったかもしれないが、今回は身体的な傷に至らなかったのだから、良しとしたい。

「その後は？」

あの女性はとりあえず、保護した。夜も遅かったこともあるし、何より本人に、一人になりたくないと言われてしまった。

警察に行くかは、今日話し合って決めること。訳有りのようだったし。

「次、同じことが起きたら？」

……。

どうすればいいんだ？

深く考えるまでもなく今回の件は、俺は十割無関係だ。首を突っ込んだのも、不可抗力と言える。

なされるがままに、なされた結果でしかない。

じゃあ、……どうすればいいんだ？

今までも似たようなことが、無かったわけでは無い。ただ大抵は根深いところで、俺自身が起因していた。だからこそ、対処もしやすかったわけで。

答えの出ないもどかしさに、苛立ちよりも不安が主張する。臆病、と俺の事を評したのは、叔父だけだった。友人や姉も、母でさえも欺いてこれたのに、叔父にだけ見破られた。

あのとき、俺はどう思ったのだろうか？

自分のことなのに、他人事のように思い出せない。叔父のことは今も好きだし、きっと悪い気はしなかったのだろう。

思考が逸れた。

纏めると、運が悪かった。そこに落ち着いてしまう。

久しぶりに、世の不条理というのを真正面から浴びた気がした。

「あー」

声が漏れる。

自分の手の届かないところで起きたことが、自分に関わることに恐怖せずにいられる。

そうあるべきなのだろうか？　……あるべきなのだろう。

誰に言われたわけでは無い。ただ、今までの人生のなかで感じ取ってきた確証の無い確信が、「この、臆病者」と自分に囁く。最近は、うまいこと目を逸らせていた現実を、こんな形で直視させられるとは思ってもいなかった。

息苦しさを感じてベランダに出るが、夏の暑さを忘れた肌寒さがあるだけだ。空気がじっとりと濡れているのも、寒さと呼吸の阻害に一役買っている気がする。

部屋とベランダを隔てる縁に座り込んだ。

温くなって苦味の増したコーヒーを飲み干し、マグカップの取手に、中指を引っ掛けて持つ。

いつか落とすだろうなとは思っている。思ってはいるが、今日では無いような気がした。それが、少し不満に思えるのは何故だろう？

別にこのマグカップが気にいらないとかでは無い。割れてしまったら、一抹の後悔は覚えるはずだ。

それなのに、壊れるのを望んでいるのもまた事実。

俺はどうなってほしいんだ？

そんなことを考え耽っていたからだろうか。

取手の内側が指の腹を滑って行ったのに反応が遅れてしまい、宙を泳いだ。

重力に引かれるままに落下するマグカップが、コンクリートの地面を叩いて転がる。

少しだけ、裏切られたような気がした。やっぱり、俺は壊れることを望んでいたのかもしれない。

マグカップを拾い上げると、取手だけが再びコンクリートの上で跳ねた。

部屋に戻り、不燃ゴミのゴミ箱にマグカップ（元）を入れたとき、俺の心も微かに跳ねていた。


再び、キッチンに戻り湯を沸かしながら考える。

俺はこのまま首を突っ込んでいたいのだろうか？　それとも、手を引いてもとの生活に戻りたいのだろうか？　自問自答が煮詰まっていく。

本心は？　できることなら助けになりたい。

それは本当に本心？　違う気がする。ただの願望。

じゃあ、本心は？　分からない。

質問を変えよう。メリットは？　手を引くメリットは今までの生活に戻れる。毎日のルーティンが決まっていて、迷うことのない生活を送れる。

じゃあ、今度は首をつっこみ続けるメリットは？　本心と同じく、分からない。

本心、じゃなくて願いは？　解決したい。力になりたい。助けたい。

だったら、本心は？　分からない。納得できる理由が欲しい？

質問の答えが出ていない。それとも質問が答え？　納得したいだけなのか？　納得したら楽になれるから。納得したら、夜ぐっすり眠れるようにまたなるから。

納得したら満足して、放り出すのか？

違う。

自己満足で終わらせたくない。だったらどうする？

助ける。何からかは分からないけど。最後はどうなりたいかは、分からない。

結末を思い浮かべることができないので、これからの過程を考える。

第一に嫌われない。

第二に信頼される。

第三に、はまだ分からない。

「よし」

行動理由が決まらないままに、方針だけが決まった。顔を上げて、長く細く息を吐いて、頭を冷やす。

落ち着いたところでコーヒーを入れようとしたが、マグカップはさっき壊したのだった。

久しぶりに使った紙コップは、コピー機から出てきたばかりの紙と同じ匂いがした。

あの女性が、起きてくるのを待っている間に、軽く朝食を済ませる。朝食といっても、生の食パンを一枚、コーヒーで流し込むだけの簡素なものだ。壊れたマグカップの代打を務めた紙コップは燃えるゴミとして捨てて、残り一枚となった食パンはあの女性の分にするために残した。

「お、おはようございます」

しばらくして、起きてきた女性は寝癖で乱れた髪を忙しなく、手櫛で解かしながら寝室から出てきた。

短く切り揃えた髪が乱れているくらいでは、最初に感じた美人の印象は崩れなかった。

「おはようございます。昨晩はよく眠れましたか?」

「はい、おかげさまで」

「朝食はパンでいいですか?」

「え、あっと、その、はい。じゃなくて、お気遣いなく」

「残り、一枚なんで食べてもらえると嬉しいです」

「じゃあ、いただきます」

「コーヒーは?」

「飲めます」

「洗面所は、部屋を出てすぐ右の引き戸を開けたらあります。そこを通り過ぎればトイレがありますよ」

「すみません」

何に謝っているのか不明なまま、部屋を出て行く女性。

滅多に使わない居間の机にコーヒーと食パンを置いて、帰ってくるのを待ってから女性を座らせた。

「座布団とかなくて。床に直なんですけど、いいですか?」

「はっ、はい！　床、大好きです！」

「そうですか」

喜んでいるみたいだ。よかった。何に喜んでいるかはよく分からないけど。

「食べながらでいいので、いくつか質問してもいいですか？」

「ん、はい」

よし。朝食にはすぐに手をつけてくれたし、警戒はあまりされていなさそう。

「昨日はなんで、ここらへんに？」

「散歩です」

「あの時間に？」

「……散歩です」

「コンビニに向かうには、反対方向ですよね」

「……散……歩です」

なにかありそうだけど、今は深く追求すべきではない気がするから、放置で。

「そうですか。じゃあ、次です。あの男性は誰ですか？　なぜあなたを狙っていたんですか？」

一番、聞きたいのはコレだった。

恨みを買っていたという類の話なら楽なのだが。

「多分、ですけど、ストーカーです。私の」

「それは、」

意外ですね、とは言わない。

「物騒な話ですね」

無難な反応を表面上はする。

失礼だとは思うが、とてもストーカーの付くようなタイプには見えない。ただ本人がこう言っている以上、現時点では信じるほかない。あの男性からも話を聞ければ、と昨日の自分の判断を悔いてしまう。

「それでは、なぜあの時、俺が警察に連絡しようとしたのを止めたんですか？」

「それは、その、……」

女性は言い淀んで黙り込んだ。何かを言い出すのを待っている間、外から聞こえる鳥の鳴き声がやけに煩く感じた。

「言えない、です」

「そうですか」

言えないときたか。今はまだ無理に聞き出すことはしたくない。

ただ、いくつかの推測はできる。ストーカーの男性は元カレ、親友と言った、親しい間柄だったとかだったら、警察に突き出すのに躊躇いが出たとしても何もおかしなことではない。

「では、今の質問を踏まえて、追加でいくつか質問します」

「はい」

かしこまる女性を前にして、まるで尋問みたいだと思ってしまう。

「あの男性とは知り合いですか？」

「知らない人でした」

おっと、早くも推測が大外れだったことが判明した。

そうなると、視点を変えて考える必要がある。女性が嘘を言っていないという前提のもとに考えるのならば、警察に連絡されると困るのが、あの男性ではない。昨日あの場にいた人物は、俺と、目の前で今コーヒーを啜っている女性、そしてストーカーの男性の三人。ストーカーの男性が原因ではないとしたら、俺か女性が警察に連絡するのを躊躇う原因ということになる。

俺には無い。いや、絶対に無い。

では女性はどうだ？　これに関しては、俺は、推測、妄想の範疇を出ないことしかできない。

打つ手無し。

というわけで、直接聞いてみた。

「警察を呼ばれると何か困りますか？」

「え、私、ですか」

「はい」

「私は、何も…」

再び黙り込んでしまう女性。更に今回は完全に俯いてしまった。表情は読めないが、心中穏やかでは無いのは、手に取るように分かった。

その様子から、嘘をつくことが嫌い、虚言を使うことに強い罪悪感を抱く、沈黙こそを最大の防御としている、といった勝手な素人性格分析をしていく。泣き出さないのはこちらとしてもありがたい。

余った脳の隅の方では、別の思考に手を伸ばす。素人性格分析を使ってできることと、その結果についてだ。

できることは、挑発。

結果は今までの経験則からして、激昂か、膠着の継続。最悪、嫌われかねない。

「では、質問を変えます」

わからないことは後回しでいい。他に聞きたいこともあるのだし、そちらを優先して話を広げる方向でいこう。

「あの男性のストーカー行為にはどれくらいから、気がついていましたか？」

「えぇと、一月くらい前に、気がつきました」

一ヶ月。それが、ストーカー行為として長いのか、短いのか分からない。

「家の周りを、うろうろしてるのを何度も見かけたり、私の出したゴミを持って帰っているのを見かけたりしたので、ストーカーかなと」

……。

「…随分と落ち着いてますね」

「昔からよくあることなんで」

「よくある、ですか」

「何でかは分からないんですけどね」

擦り切れたように、女性が笑う。

「最初こそ、警察も親身になってくれましたけど、何度も被害届けを出してるうちに、妄想なんじゃないかって、こっちが疑われ始めちゃって」

ありえない話、では無い。

何度も被害に遭っている、それも毎回違う人物から、となると警察の疑いたくなる気持ちもわかる。ただ、ストーカーの被害に遭いやすいという割には、失礼ながら、絶世の美女というわけでも無い。

どちらかというと、近寄りがたさを感じる類の美人だ。

勝手なイメージだが、ストーカーというのはもっと押しの弱そうな人を狙うものではないだろうか？　この女性の何が、そこまで人を惹きつけるのだろうか。

好奇心にも似た感情が湧いてくるが、不謹慎だよな。自重しよう。

「俺からの質問は以上です」

そう告げると、女性の肩の力が抜けていくのが見て取れた。

「今回のことは、警察には言いません。ただ昨日、俺は防衛のためとは言え、あの男性に対して暴力を少なからず行使しました」

具体的には顔に二発ほど。

「無いとは思いますが、俺のことを訴えると言ってきた場合は、証言をお願いしたいんですが、いいですか？」

「それはいいですけど、そんなことあるのでしょうか？」

「さぁ、分かりません」

「分からない、ですか？」

「なにぶん、俺は初めてのことなので」

「そうですよね。すみません」

「ちょっと待っててください」

女性を一人残して、紙とペンを取りにいく。そこに自分の連絡先書いて、女性の前に置く。

「俺の連絡先です。再度、あの男性が接触してきた場合は連絡してください」

「でも、その、これ以上、迷惑をかける訳には…」

そう言い淀む女性。何を今更、とは思っても言わない。

「俺が勝手に、迷惑に感じないようにしてることですから」

「ありがとうございます……」

女性が、急にじっと顔を見つめて動かなくなった。猛禽類のような真円の瞳には揺らぎが一切無い。

「なにか？」

耐えきれず俺の方から聞き返せば、何故か、気恥ずかしそうに女性が言った。

「お名前は？」

「あ」

基本的なことなのに、すっかり忘れていた。

「『鳶色　彩十郎』です」

「トビイロさんですか。変わったお名前ですね」

「お陰で、中学まで自分の苗字を漢字で書けませんでした」

「私は『響　静香』っていいます」

「ヒビキさんは、」

「シズカの方でお願いします。ヒビキって何か男の子みたいな感じがするので好きじゃないんです」

「では俺のことも、サイジュウロウと呼んでください」

「はい、サイジュウロウさん」

俺のことを名前で呼ぶのは、親しい友人の中でも極僅か。それもあって、慣れない響きに、言ったのを少しだけ後悔した。

「では、シズカさんはこの後はどうしますか」

お互いの名前を確認しあったところで、話を本筋に戻す。

「どう、ですか?」

「自宅に戻るでも、ご家族に連絡を取るでも。警察に行かないまでも、しておくべきことはあるかと思います」

昨日から、どこかに電話をかけている様子は見られなかった。

そういったことを踏まえての提案だったが、悩む素振りの後にシズカさんの口から出た言葉は、全くの予想外のものだった。

「あ、片づけ」


シズカさんの自宅は、俺の住んでいるアパートから、目と鼻の先にあった。

そう、自宅。

「こっちです」

見上げれば首に負担を強いる高さに圧倒されていると、シズカさんに呼ばれる。

エントランスの自動ドアを潜り、普段見ているものとは別世界の光景に、場違いの三文字が浮かんできて、苦みが心に不愉快な皺を作った。

安易に「手伝いましょうか?」なんて言うもんじゃないよな。

「……」

シズカさんの後ろを黙ってトカゲの尻尾のように歩く。二桁の数字の書かれたボタンの方が多いエレベーターに乗っている間も、静かすぎて耳が壊れたのかと思ってしまう。

平日の昼間ということもあり、建物自体がシンと静まり返っていた。いや、防音対策がしっかりしているのだとしたら、休日だろうとこんな感じなのかもしれない。

なんか怖いな。人の作った、人が集まって住むための場所で、人の気配を感じられない。

その矛盾めいた、昨今の当たり前となりつつある風習を受け入れられない。俺の考え方が古いだけなのだろうか。

電話で話しているであろう、普段よりも大きな会話の声。

作り過ぎたのか、三日連続で同じ部屋から香ってくるカレーの匂い。

廊下に残る人の通った痕跡。

そういった視界の端にチラつく、人の息遣いにも似たものに安心感を覚えてしまう。

朽ち果てていないだけの、廃墟のような廊下に足音だけを響かせていく。そこに肉声による波紋を作ったのは、シズカさんだった。

「サイジュウロウさんは、お仕事は何をなされているのですか？」

世間話として振られた話題にも、気遣いのようなものを感じてしまう自分が情けない。

やや後ろを歩いていたのを、歩を早めて肩を並べた。

「公民館の近くの整骨院で、整体師をしています」

「ああ、あのボ、趣のある」

「ボロいでいいですよ。事実なんで」

「すみません。今日は定休日ですか？」

「定休日は明日ですね。今日明日で業者を入れて、シロアリ対策をするらしくて、店主からお休みをもらえたんですよ」

決着をつけてやると息巻いていた、店主の禿頭が脳裏を過った。

「それは、よかったです」

「え？」

何がよい、のだろうか。もしかして、一日じゃ片付かないくらいに部屋がゴミだまりになっているとかだったらどうしよう？

掃除は嫌いではないけど、物事には限度というものがある。

そのことをどう聞こうか悩んでいると、シズカさんが告げた。

「ここが、私の部屋です」

ドアに鍵をかけていなかったようで、ドアは引くだけで開いた。ストーカーがいると分かっていながら不用心では？　と思うが、このマンションのセキュリティを考えれば、鍵なんて必要無いのかもしれない。

ドアを開く前から足元にひんやりとした空気を感じていた。だが、実際に開けられた時に溢れてきたのは、想像を絶する冷気だった。

気持ちの悪い冷や汗でじっとりと湿った肌が、一瞬で潤いごと剝がされる。素直に言って寒い。

八月は終盤。明日から九月とはいえ、まだ夏は真っ盛りなのだから、冷房をつけたまま外出したのかもしれない。そして、昨日の件に巻き込まれた。

だとしたら、冷房は一晩中、誰もいない部屋を冷やし続けていたのだろう。

昨日、か。

鍵をかけていなかったことといい、昨日出会ったばかりの男を家にあげるといい、無防備すぎやしないだろうか？

「どうぞ……ぁっ!!　ちょっ!?　ちょっと待っててください！」

玄関で靴を脱いでいた俺に、シズカさんはそう言い残してバタバタと走っていく。廊下の突き当たりのドアに消えていった。リビングだろうか？

俺の部屋にいたときと比べて、急に元気になったシズカさんに面食らいつつも、大人しく待った。

電気のついていない薄暗い廊下からだけでも、俺とは住む世界が違うのだということがヒシヒシと伝わってきた。俺の住んでいるアパートも、見た目に反して住めば都と言わんばかりに快適ではある。だがこの部屋を見ていると、自分の住んでいる場所が、正しい意味での廃墟に思えてくるから不思議だ。

薄暗い廊下の隅に溜まった埃をやら、フローリングの床に落ちている、髪の毛を数えて、気を散らしつつ時間を潰した。

「どうぞー」

シズカさんの声に呼ばれて、「お邪魔します」と誰に言うでもなく呟いて、リビングに続くと思われるドアに向かった。

磨りガラスの嵌め込まれたドアからは、人工的な光が漏れていた。ドアを開けて、部屋全体を見渡したときには、想像していたよりも狭いなと思った。しかし、それは勘違いだとすぐに気付いた。

息が詰まりそうなほどに、リビングを埋め尽くす物、物、物、物。咄嗟に、空気の流れを確保しようと、視線が窓を探す。カーテンで締め切られた場所を見つけた。

そこまでの距離が、足元に散らばる物を差し引いても物理的に遠い。あたりまえだが、俺の部屋よりは確実に広い。リビングだけで倍近くあるのでは？

クローゼットから溢れた衣服類は、ソファを埋め尽くし、床にはいくつも山を形成している。中にはタグの切られていない物もあった。

そのどれもに、ファッションに疎い俺でも見たことのあるような、有名ブランドのロゴが印刷されていた。

服だけではない。指輪やネックレス、イヤリングなどのアクセサリーに、さまざまな化粧品類までもが無意味に床を彩っている。

もしかして、シズカさんって、どこかのお嬢様なのだろうか？

だとしたら、昨日出逢ったばかりの男にためらいもなく、部屋の掃除の手伝いを求める非常識な行動にも、世間知らずの一言で全て説明がつく……つくのだろうか？

想像以上に面倒臭いことに首を突っ込んでしまったのかもしれない。安請け合いはするものじゃないと、人生何度目かになる反省をしつつ辺りを見回して違和感を覚えた。

家主であるはずのシズカさんがいない？

散らかっている部屋で、キャスター付きのラックが変な位置にあったりと、死角になる場所も多いので、その何処かにいるはずだ。

あれ？　でも、おかしい。

女性にしては長身の部類に入るであろう、シズカさんをいくら散らかっているとはいえ、同じ室内で見失う。そんなことがあり得るのだろうか？

普通はあり得ない。

むしろ、自分から隠れるくらいでないと見失うなんてことは起こり得ない。

そんなことを考えていたからだろう。背後から感じた害意に反応が遅れた。こちらに対して危害を加えるという明確な意志が、悪寒となって背筋に突き刺さる。

「っぁ！！！」

視線をそちらに向けようと、首を回したのがいけなかった。後頭部に向けられていたであろう、一撃を側頭部で受けてしまう。

直後、地面が急に柔らかくなったような感覚に襲われて、気がついたら頬が冷え切ったフローリングに触れていた。

光が遠のくなかで、確かに聞こえたシズカさんの声。

「やぁっっと、捕まえたぁ」


……痛い。

痛い。

どこが痛い？

頭が痛い。

傷口が心臓のように脈打っている。

「あ、起きましたぁ」

再び鼓膜を揺らしたのは、シズカさんの声だった。俺が顔をむけている方向とは反対側から声がする。

姿は見えない。されど、明らかに雰囲気が違っていた。

さっきまでとは打って変わって、粘つき、引く糸で絡めとるような。そんな熱っぽさを感じる。

「倒れたときにどこか、打っていませんか？」

倒れる前に、俺の頭を打ちつけた張本人が聞く。

「倒れるのには、慣れて、いるので」

そんな軽口を叩けるくらいには、不思議と頭は冷静だった。文字通り、血の気が引いているからなのかもしれないが。

遅まきながら、自分の状況を理解した。

頭は痛むので動かさずに会話をしつつ、手足を動かそうとするも、後ろ手に縛られているのか動かない。

監禁されかかっている。もしくは、既にされている。

「それはよかった。できることならぁ、こんな手荒な真似もしたくなかったんですよ」

「事前に言ってもらえたら、嬉しかったですね」

「そんなぁ、そしたら逃げるでしょう？」

さも当然のことのように、シズカさんは言った。剣呑や、狂気といった類の理解することと自体を拒みたくなるような。思想の一端が、ちらちらと垣間見える。

「なんでこんな、」

「聞いてくださいよ!!」

食い気味にシズカさんが語り出した。

曰く、近寄ってくる男はみんな親の金目当て。

曰く、女友達も妬み嫉みばっかりで、仲良くなれない。

曰く、何をするにも足を引っ張る馬鹿ばかり。

曰く、曰く、曰く、曰く、曰く、曰く、曰く、曰く、曰く、曰く、曰く、
どこかで、聞いたことのあるような愚痴を、シズカさんはしゃべり続けた。

自分に酔っているようですらあった。

そう感じたのはなぜか？

声が笑っているのだ。実に楽しそうだった。

「そんなだから、友達ができないのでは？」と言いたくなったが、すんでのところで飲み込む。

「で、思ったんです」

途中から話を聞いていなかったので、急に締めくくられてもついていけない。

「何をですか？」

曖昧に、されど広く聞いてみれば、シズカさんは都合よく受け取ってくれたようで、快く答えてくれた。

「作ればいいんです！」

「はぁ？」

何を？

俺の憤りを察したわけではなく、あいも変わらず自分勝手にシズカさんが告げる。

「私専用の友達ですよ！　そして、ゆくゆくは……キャーッ!!　そんなの私に言わせないでください！」

……日本語というのは、俺の知らない間に随分と進化したらしい。トモダチ？　というのは最近の流行りのものだろうか？

流行に疎い自覚はあるものの、物騒な名前の物が流行っているのに、全く情報が入ってこなかった。あまりにも、迂闊だ。もっと周囲に興味を持つようにと言っていた小学校の担任は、この事態を見越して俺のことを心の底から思ってのことだったのだろう。十年以上の時を経て、恩師の思いやりに気づくことがあるとは。人生何があるか分からない。

現実逃避に一人、花を咲かせている間にもシズカさんは喋り続けている。

それに対して、俺は半ば条件反射のような相槌を適当に打っているのだが、今のこの状況こそがシズカさんにとって理想的なのかもしれない。

「すみませんが、」

「…何ですか？」

話を無理矢理遮るようにして発言するが、それが気に食わなかったのか、シズカさんの声に苛立ちが滲んだ。

ただ、ここで引く訳にはいかない。このまま、相槌を打つだけでは事態は好転しないだろう。

「取り敢えず、起きたいので、手足を解いてもらえませんか？」

「イヤでーす」

ダメもとで聞いてみたけど、案の定却下される。まぁ、軽いジャブ程度の摑みだったのでどうってことはない。

「だったら、せめて、もっとシズカさん自身のことを教えてくれませんか？」

「私が教えたくなったら教えます」

「そう言わずに」

「今は気分じゃないので」

「少しもですか？」

「しつこいですよ」

ワントーン下がった声が聞こえた。そして、背後から僅かにフローリングが軋む音。立ち上がったのか？

そして、体を跨いで俺の顔の向いている方に、しゃがみこんだ。角度的に相変わらず表情は窺えず、白のロングスカートに覆われた肉付きの良い脚が、視界の大部分を占領した。

「あなたの意見なんてどうでもいいんです」

「……」

「私の話を聞いて、それに相槌を打って、欲しい言葉を言ってくれればそれでいいんです」

「……」

「分かったら、……今私が言って欲しいことを言ってください。最初ですから、大サービスですよ」

「……」

シズカさんの話している言語は理解できても、内容がまったく理解できない。

「ほら、」

ガチャ。

突如、玄関のドアの開く音が聞こえた。

はじめ、俺はシズカさんの仲間でも来たのかと思った。しかし、すぐに頭上から聞こえた、「え？」という声がそれを否定する。

フローリングにべたりと付いている片耳が、近づいてくる足音を嫌に明瞭に拾う。

痛みがノイズとなって邪魔をする脳みそでは、今なにが起きているのかを正確に把握できない。いや、普段通りでも無理かもしれない。

迫りくる更なる未知に鼓動が速くなる。血流も比例して速くなり、鈍くなってきていた頭の痛みを蘇らせる。

シズカさんが俺の肩をシャツ越しに、指を食い込ませるように握った。

その手は震えていた。

「どうも」

女性の声だ。しかしシズカさんのような甘ったるい高い声ではなく、低く掠れる寸前の声。

「大家さん、えーと、これは、そのぉ」

悪戯がバレた子供のような調子で場違いに、シズカさんが口籠る。

「なに、されてるんですか？」

「……」

これは、俺に聞いているんだろうか？　シズカさんに聞くなら「しているんですか」と聞くはずだし。

伝わり易さ重視でシンプルな回答を口にする。

「監禁です」

「……死にそうですか？」

頭の傷のことを言っているのだろう。

今、意識がはっきりしているのは、非現実的な状況による興奮によるところが大きい気がする。

「今のところは生きてます」

「後になったら、分からないということですね」

話が早くて助かる。

「ちょっとっ！　二人で仲よさそうにしないでください！　大家さんは勝手に入ってきて、非常識ですよ！」

割って入ってきたシズカさんが吠える。

非常識という言葉を知っているとは驚きだ。

「あなたが言わないでください」

大家さんがうんざりといった声を絞り出す。

「今回のことは親御さんから許可をいただいています。それと、警察には通報はしませんのでご安心を」

淡々とした口調で大家さんが並べた言葉に、安心しかかっていた頭が、一気に元の緊張状態に戻る。

通報しない？　どういうことだ。

再び、この大家さんもシズカさんの仲間なのでは？　という疑念が芽吹く。

「ただ、この部屋を事故物件にされても困ります。ですから、そちらの男性をこちらに」

「うるさい！」

またしても、大家さんが言い切る前に遮るシズカさん。

「この人はダメ！　私が苦労して、私が手に入れた人なの！　だから、」

「だから？」

ミシッ。

何かが軋む音が聞こえた気がした。

「だから、なんだって言うんですか？」

より冷たく抑揚の無くなった声で大家さんが言葉を紡いでいく。

「そこの男性に関係がありますか？　自分の欲求を満たすためだけの苦労をした？　だからどうだって言うんですか？」

責め立てるような言葉からは苛立ちは感じられない。ひたすらに冷たく、平たい。

「うるさい！　うるさい！　うるさい！　うるさい！　うるさい！　それを言うなら、お前にだって私がなにをしようと」

「あなたのお父様から、この部屋を貸すときにあなたの監視をお願いされました。報酬も家賃とは別に、毎月受け取っています」

「そ、そんなの嘘！　だってお爺様が許すはずない!!」

「さぁ？　そこら辺の事情は私は知りません。ただ、私はあなたのお父様から言われて、監視をし、問題を起こしそうになれば止めて欲しいと言われただけです。それと、今ここで私を殺しても、あなたのお父様がここに来ることに、変わりはありません」

大家さんが、言葉を切る。

「もう一度、言います。その男性をこちらに渡してください」

「……」

シズカさんに握られていた肩が解放される。

どうやら、話は終わったらしい。

助かると思うと、気が緩んだのか急に睡魔が押し寄せてきた。折角、助かるっていうのに、ここで気を失う訳には行かない。

起き上がろうとするも、手足が拘束されていることを忘れていたので、腹部をしゃくとり虫のように持ち上げるだけで終わった。

「今、外します。シズカさんは離れていてください。すぐにあなたのお父様が来るので、そのまま待っていてください。これはお父様からの伝言です。『お前を殺さないのが最後の家族の情だ』とのことです」

解放された腕が床に落ちる。とんでもない会話が聞こえたが今は自分のことだ。痺れが治るのを待ってから、今度こそ起き上がる。乾き始めていた血が床にへばりついて、顔面の皮膚が引っ張られた。

「頭は大丈夫？」

側にしゃがみ込んだ大家さんが声をかけてくれる。横を向くと、低めの位置にある大家さんの顔が目に入る。

ボサボサの長髪と、長い前髪から覗く化粧っ気の無い暗い顔。膝下まである大きな灰色のTシャツの上に黒いジップパーカーといった、楽さを追及したような身なり。目の下のくまとか小さな鼻とか、そんなものよりも濃い煙の匂いが印象的だった。

「不思議と、痛く、無いですね」

強がった訳では無い。実際に痛みは無く、それどころか他の感覚も曖昧で、酷く眠いということだけがハッキリとしていた。

「それはかなり、危ないかもね」

「ですよね」

「手当ては私の部屋でするから。立てる？」

波打つ地面を踏み締めて、なんとか二足での直立を果たす。

「い、いけまし」

ガクッと膝の力が抜けて、倒れそうになったが踏ん張る。今もう一度、倒れれば起き上がれなくなることは、簡単に想像できた。

「肩貸す」

短く言って、脇の下に潜り込んで俺を支えてくれる。それでもやはり、身長差がかなりあるので、あまり体重はかけられなさそうだ。

「ま、待って！」

背後から聞こえたシズカさんの声に大家さんが答える。

「何か？」

「サイジュウロウさん、私は、あなたのことが本当に」

「行きましょう」

シズカさんが言い切る前に大家さんが俺に歩くように促した。それに従って足を進める。

玄関を出て扉を閉めると、静けさだけの廊下が俺と大家さんを迎えた。

エレベーターで二つ上の階に登り、階段で一階降りる。おそらく、シズカさんに部屋の階数を把握させないためだろう。

その間も血は流れ続けていた。床の血を辿られれば、居場所がバレるのでは？　と思ったが、エレベーターから降りる時に大家さんがジップパーカーを脱いで、俺の傷口に当ててくれた。

「ありがとう、ございます。洗って返します」

「ふっ」

口角を歪めて、大家さんが笑った。

「なんで、笑うんですか」

「ごめん。こんなときなのに、常識的なことを言うんだなって」

「俺は、詰まらない、人間です、から」

「そんなことないよ」

大家さんはまだ口を歪めていた。

階段を下りながら、そんな話をする。お陰で意識は保たれており、時間をかけて下の階に到着した。

「もうちょっと」

大家さんの言葉に気が緩んだのか、俺自身の意志とは関係無く瞼が閉じそうになる。

「はい、」

ここで倒れる訳にはいかない。

歯を食い縛りたいが、そもそも力が入らない。脚も同様で、大家さんにほとんどもたれかかるような形になっている。現に大家さんの息は、かなり上がっていた。

「ここ。それかして」

俺は壁にもたれて、赤黒く濡れたパーカーを渡すと、大家さんは手が汚れることも厭わずにこねくり回して、ポケットの部分から鍵を取り出した。

「どうぞ」

招かれるも脚が前に出ない。ここでも小さな肩を借りて、半分引きずられるような形でドアを潜った。

緊張の糸が完全に切れたようで霞み始めた視界が、限界を告げていた。壁に背中を預けて、しゃがみ込んでしまう。頭が酷く重たい。

「ちょっと待ってて」

大家さんの手で横に寝かされて、またしても床から伝わる足音を片耳で聞く。ただ、今度は遠ざかっていくだけで、近づいてくる足音を聞くことはできなかった。

Side F

持てるだけの清潔（?）なタオルを、部屋中からかき集めて、男性の場所に急いだ。焦りが背中を押し続けているようで、一歩毎に躓きそうになる。

「あっ」

電話。もしものときに、手元にないと困る。昨日、久しぶりに蘇生したスマホを握り、男性のもとに戻った。

「今、軽く手当てを」

玄関で横たわる男性に言いかけて、言葉に詰まった。タオルを全て放り出して、駆け寄った。

「こっち見て!?」

明らかに呼吸が弱い。目も薄く開いてはいるが、焦点は定まっていなかった。

救急車を、と過るが、そうなれば警察も自然、出てくることになるだろう。

それは、ダメだ。

スマホの音声アシスタントを呼び出し、電話をかけさせた。

「お父さん！　助けて！」

久しぶりにかかってきた娘からの電話の第一声で助けを求められれば、事情を聞くのが当たり前だろう。ただ、今そんな悠長なことをしている時間は無い。

頭から血を流している人の手当てをしていること。

その人は意識が混濁しており、血もかなり流していること。

警察には連絡できないこと。

同じ理由で救急車も呼べないこと。

半ば、怒鳴りつけるように最低限の情報を一方的に伝えた。
二、三秒ほどの沈黙のあと、場所は？　とだけ聞かれた。
「部屋」

すぐに向かう、と言い残して通話は切られた。

お父さんが来るまでの間は、応急処置をして時間を稼ぐ。

頭を脚の上に乗せて心臓よりも高くして、傷口にタオルを当てて押さえる。頭部外傷の場合は動かさない方がいいらしいが、ここまで歩いてきたことも考えれば今更だ。

これが正しいのかは分からないけど、大して多くもない知識を総動員した結果だ。こんなことならさっきの電話で、お父さんに応急手当の方法を聞いておけばよかった。

垂れてきた血が私の服に染み込み、温かい滲みを作っていく。弱々しくはあるが、確かに呼吸をする肩が、男性の鼓動そのものに思えた。

十五分ほどで、お父さんは部屋に到着した。

苦虫を嚙み潰したような表情で、男性を軽く診察したあと、自身の経営する病院に連れて行くと言われたが頷くしかなかった。

持ってきたガーゼと包帯で、手当てを施したお父さんは、男性に肩を貸して立たせる。何か言っているようだったが、声が小さくて聞こえない。

駐車場に車があるらしく、そこまでの道のりでシズカさんに出くわさないように、警戒しながら進む。お父さんは、訝しむような視線を私に向けていたが、何も言わなかった。

病院に向かう道中も、車内で何か聞かれることはなかった。たまにバックミラーでこちらを見るくらい。信頼、ではなく諦めの方が割合強めの視線が、今だけは心地良く感じてしまう。

お父さんに肩を揺すられて、病院の裏口に着いたことに気がついた。

どうやら、寝ていたらしい。

最近は監視で殆ど寝ていなかったとはいえ、こんな状況で寝てしまうなんて。

お父さんの呆れ顔を頂戴するハメになると思っていたら、また、茶渋を歯で濾したような顔をしていた。その視線は、私の脚の上に頭を乗せて横になっている男性に注がれていた。

かなり不味い状況ということだろうか？

だとしたら一刻も早く治療をしてもらわないといけない。お父さんを急かして、車から降りた。

Ｓｉｄｅ　Ｍ

まだ、寝ていたい。

そんな風に思ったのは数十年ぶりのような気がする。微睡みがぬるま湯のようで心地良く、温度に安心感を覚えた。

このままここで寝ていようか？

誰に尋ねる訳でもない。自問に自答が返ってこないまま、脳の皺に落ちて消えていく。

Ｓｉｄｅ　Ｆ

「この人が起きたら、説明する」

何度目かになるお父さんからの説明を求める言葉に、同じく何度目かになる言葉で返す。

そうか、とだけ残してお父さんが病室を出ていくのも何度目かになる。

治療のあと男性は病室のベッドに寝かされ、安らかな寝息をたてていた。少し前まで虫の息だったのに。

そんな男性の横で、こうなった原因の一端を担っている私には、見舞い人用の丸椅子に座って、待つ以外にできることはない。

せめて目が覚めた時に、一人にならないようにしよう。そう決意したはいいものの、座りっぱなしだと腰が痛くなってくる。

壁にかけられた時計を、目を凝らして見れば、ぼんやりと三時前を示している。

背骨を伸ばすと、べきょべきょと音が鳴った。

明日には起きるとお父さんは言っていた。

本当に？　と疑いたくなるくらいには、頭から血が流れていたけど、一端の医者が言うのだからと、無理矢理飲み込んだ。

それでも未だに消化しきれてはいない。胃の底で不安を振り撒いている。

一生目覚めないのでは？

疑問が臓腑を締めつけて止まない。

こんなことになるはずじゃなかった。

言い訳だ。分かってる。

まさかシズカとかいう人物が、あそこまで、ぶっ飛んだ人だとは思っていなかった。

せいぜい気にいった男を、部屋に連れ込んで、誘惑するくらいのものだと思っていたのに。

まず、頭を殴るなんて。

彼女の両親が、私に盗聴による監視を大金を払ってまで依頼するのにはちゃんとした理由があったのに、私は気付けなかった。

そのせいで、この男性は怪我をした。

依頼で支払われたお金は、全てこの男性に渡そう。それで許してもらおうというわけではない。

事情を説明して、死ねと言われればその時は死のう。

私はそれだけのことを、またやった。

遺書は部屋にある、と思う。

どこに仕舞ったか覚えていないけど、捨ててもいないはず。

部屋の片付けもしないと。

散らかってはいないけど、掃除を何年もしていないから綺麗な部屋とはとてもじゃないけどいえない。死後、またお父さんに迷惑を掛けるのは申し訳ないし、しっかり整理をして……。

そこまで考えて、ふと、自分の口角が上がっていることに気がついた。手で触れれば、確かに笑っていた。

唇を噛み締めて笑いを消す。血が笑みごと、口の端を流れて消える。

『死ぬことさえ生温い』

そう言われたのを、一瞬でも忘れた自分に吐き気がした。

Side M

知らない天井だ。

ネット小説で幾度となく目にしたこの言葉を、自分が使う日が来るとは思ってもいなかった。

ぼんやりと時間をかけて覚醒していく意識と、少し遅れて身体も覚醒していく。目の焦点が合うようになるにつれて、記憶も鮮明になっていく。

最後の記憶を引っ張りだそうとするも、大家さんの部屋の玄関のドアを開けたところまで。そこから先は思い出せない。

あっ、そうだ。

大家さん。大家さんはどこにいるんだ？

体を起こそうとして、凄まじい痛みが脳神経を引っ掻いた。

「つくぁっっ！」

俺は馬鹿か？

寝て起きたら意識を失うだけの怪我が痛みもなくなっている訳がない。無性に自分の顔を覆いたくなり腕を持ち上げようとしたら、不自然な重さが邪魔をした。

瞬間、「後遺症」という最悪の三文字が過ったが、咄嗟に向けた視線の先では、椅子に座ったまま俺の寝ているベッドに突っ伏して寝ている人影が目に入った。

その人がちょうど、俺の腕を布団の上から抑える形になっているだけのようだ。長い髪で顔は殆ど隠れているので見えないが、微かに香る煙っぽい香りが、記憶の中の大家さんのものと合致した。

「うっ」

くぐもった声を上げてぐりぐりとシーツに顔を擦り付ける様子は、俺を助けたときの堂々とした姿の面影は皆無だ。

起こすのも悪いので、腕を動かすことは諦めて再び天井と向き合った。

そして考える。

何が悪かったのか？　考えるまでもない。余計なことに首を突っ込んだ。

シズカさんに困っていると言われて、何も疑わずに、ほいほいついていった。

放っておけばよかった。自業自得。

それは結果論かもしれないが、この有様だ。

結果を見てから、過去の行いに文句を言うのはズルい。いや、違うな。普段の行いから甘さが滲み出ているから招いた結果だ。

もっと考えてから、動くべきだったんだ。

頼られて、舞い上がって、それで巻き込まれて、助けられた。

本当に。

いつのまにか俺も寝ていたらしく、大家さんはいなくなっていた。トイレで席を立っただけかもしれないし、疲れたから自宅に帰ったのかもしれない。

どちらにせよ、今の俺はベッドから動くことはできないので、寝る前に考えていたことの続きを掘り起こす。

シズカさんを助けたことに、後悔はない。それがたとえ、襲われていたのが自作自演だったとしてもだ。

結果的に、最悪の一歩手前を引き当てることになった。でも、あの時、あの場所で助けないという選択肢は存在しなかった。

では、そのあとはどうだろう？　警戒したまま、寄り添うなんて器用なことは俺にはできない。

だったら、この結果は必然だったのだろうか？

「結果かぁ」

呟くが、返事は返ってこない。今になってこの病室が個室だと気がついた。

返ってこない返事を代わりに自分で考える。導き出された答えは酷く自分勝手で上から目線。何よりも傲慢な事この上ない。それでも、思わずにはいられなかった。

俺がシズカさんを、犯罪者にしたんだ。

Side　F

トイレに行くついでに買った飲み物を、ぷらぷらとぶら下げながら歩く。

真夜中の病院といえば、怪談の舞台として定番だが、生憎、私は心霊現象的なものに遭遇したことがない。だから、信じてもいない。

もし、本当に幽霊と呼ばれる存在がいるのなら、真っ先に私は殺されているはずだ。だけどこの通りピンピンしているので、やっぱり嘘なのだろう。

病室内は出る前と同じ光景があった。仰向けで横たわる男性。頭には包帯。横には点滴。満身創痍という言葉が、似合う有様に胸がざわつく。

これから、どうするのだろう？

男性に対して、疑問が人ごとのように湧いてくる。

あんな事件に巻き込まれて、普通の生活には戻れるのだろうか？

今後の人生においての価値観には少なからず影響があるはずだ。もし、それで男性が今以上の不利益を被ることがあれば………あれば？

あればどうするんだ、私は？

病室の開け放たれた引き戸の前で、立ち止まり考える。

これからの人生は、あくまでもこの男性のもの。

たとえ不利益があっても、それを私がどうこうしようというのが、おかしな話だ。

でも、その原因を作ったのは私な訳で。

脳みそが毛糸玉みたいに、絡まって窮屈になる。息苦しい。天井を見上げて大きく息を吐いたら、一緒に言葉が溢れた。

「……どうすれば」

元通りとまではいかなくとも、せめて多少はマシくらいの生活には戻してあげたい。

そうなると、やっぱりお金を渡して、今後は関わらないのが一番のような気がする。無責任だけど、人生の責任を自分で取れる大人には、それくらいがいいのかもしれない。

「……結果かぁ」

部屋から唐突に、そんな声が聞こえた。一瞬単なる物音のように意識を素通りしかけるのを、なんとか引き止めて拾い上げた。

結果？　何が？　意味合いとして、あまりにも広く取れてしまう。

結局分からず、声をかけてしまった。

「何の結果？」

Side M

「何の結果？」

急に聞こえた声に、ビクリと肩が跳ねてしまい、痛みが響いた。

「大丈夫？」

近くに寄って来られたときの匂いが、病院に不似合いな煙草の匂いだったので、顔を上げる前に大家さんだと気付く。

独り言を聞かれた恥ずかしさと、さらにそれが大家さんだということも含めて顔を上げづらい。痛みと若干の羞恥が落ち着くのを待ってから、顔を上げた。

「本当に大丈夫？　どこか変な感じがするとかない？」

「大丈夫です」

「おと、医者を呼ぼうか？」

大丈夫と言っても尚、食い下がってくる大家さんの顔は、覗き込まれて逆光になっていることも相まって物理的に暗く見える。というか、近い。

「本当に大丈夫です。さっきは少し、驚いただけで」

「ほんとに？」

「はい。頭が少し痛いこと以外は、特に痺れもないです。……あの、起きてもいいですか」

「あ、ご、ごめん」

大家さんの手も借りて、上体を起こし、ようやく合った目線で向き合った。腰の下に置いてもらった枕に深く腰掛けて、同じく息を深く吸い込んでから口を開いた。

「『鳶色　彩十郎』と申します。助けていただき、ありがとうございました」

頭を下げる。

痛みが首を重くするが、それでも今だけは頭を下げないといけない。胸に質量を伴って、のさばっていた言葉が吐き出されて、少しだけ軽くなっていくのを感じる。

「今回の御恩は、俺にできる限りのことで返させていただきます」

起きたばかりで張り付く喉を震わせて、ハッキリと口にする。

人に迷惑をかけることは今までもあった。誰かに助けられることは、数えきれないくらいあった。

でも、そのあと礼を言えることとそのものに、感謝したことは今まで一度もない。

「恩なんて……、いや、その、頭上げて」

大家さんがそう言ったので、顔を上げた。大家さんの顔は強張って見えた。

「気絶する前のこと覚えてる？　静香さんの部屋で、私が言ってたことなんだけど」

表情はそのままに大家さんが、とつとつと話し出す。

「私は」『くぅるぅぅーるぅー』

それを俺の腹の虫がぶった切った。静かな病室ではイヤにハッキリ聞こえた。

無言で見つめ合うこと数秒。耳が熱くなってきたくらいのタイミングで、大家さんが、手に持っていた二本のお茶のうちの一本を渡してくれた。

「とりあえず、これ」

少しニマニマしているような気もしたが、見ないフリをする。礼を言って受け取った緑茶は、温くなっていたが、喉の渇きと、熱くなった体を和らげるのには、充分な働きをした。それもあって冷静さを取り戻したので、再び大家さんと向き合ったが、真面目な話をする雰囲気では無い。

「お腹空いてるなら何か買ってこようか？　コンビニくらいしか空いてないけど」

「え？　今って何時ですか？」

「午前三時過ぎくらい」

ということは、かなり長い時間寝ていたらしい。

それは腹も減る訳だ。

しかし、夜中となると女性である大家さんを一人で行かせるのはどうなのだろう？　付いて行ったところで、何か事件に巻き込まれれば、今の俺では足手纏いが増えるだけなのは理解している。

ただ、だからといって付いていかないのもなぁ。

「やっぱいいです。そんなにお腹空いてないんで」

「私は空いてるから、そのついで」

あー。大家さんなりに気を利かせてくれたようだがそうではない。ここはダメ元で聞いてみるしかない。

「俺も一緒に行っていいですか？」

「ダメだよ」

何言ってんの？　とばかりの真顔で即答されてしまう。それはそうだ。ある程度の良識を持ち合わせている人間なら、今目覚めたばかりの怪我人を連れて行こうとはしない。

「じゃ、行ってくるから」

財布を片手に、立ち上がろうとする大家さん。

後から考えれば夜間に出歩いて犯罪に巻き込まれることなんて稀なことのはずなのに、俺にはそれが、確実に起こることのように感じられてしまった。

実際に突発的な犯罪に巻き込まれた直後だということも関係しているのだと思う。止める手立てを失い、行かせてはいけないという気持ちだけが先行した結果、こんなことを口走っていた。

「寂しいんです」

「えーと……？」

Side F

ほとんどの電気が消えた病院の廊下を連れ立って歩く。トビイロさんの顔を横目で窺おうとして諦めた。私の頭よりも高い位置にある顔を横目で見ることは物理的に不可能に近い。それに眼鏡がないこともあってボヤけている。加えて、暗いこともあって輪郭すらも定かではない。

つまり、何も分からないということである。

「すみません。さっきは変なこと言って」

先に沈黙に音を上げたのはトビイロさんだった。

「気にしてないよ」

いきなり事件に巻き込まれて、頭殴られて気絶して、起きたら知らない場所。不安になるのも理解できる。

ただ、あれは、その正直すぎるというか、明け透けというか。あんなふうに言われると、相手は成人男性とはいえ、置いていくのを心苦しく感じてしまう。

「いや、でも、気持ち悪かったですよね、その、いい年した男が、いきなり、あんな……」

どんどん卑屈になっていくトビイロさん。これは、もしやアレか。

「トビイロさん。ご年齢は？」

「二十三です」

あぁ、やっぱり。

「今年で二十七になります。『枠美　傘』です」

年齢を言ってから、名前をまだ名乗っていなかったことに気づいて付け足した。

案の定、トビイロさんは微かにだが、驚きの声をあげた。自分でも酷い童顔だとは思うが、こういった反応は久々だった。

「ワクミさんは」

「カサの方で」

明日、父を交えて事情を説明するときのことを考えると、私のことは下の名前で読んでもらっといたほうがいい。

「……マジですか？」

「まじ」

急に口調が砕けたトビイロさんは、さっきまでの礼儀正しさが剝がれて、僅かに素が見えた。

年相応。そんな言葉が頭を過るが、年相応かなんて、彼の年の頃には立派な引きこもりだった私には分かるはずもない。

「だから、別に多少は甘えたって、その、えっと……、恥ずかしがらなくていいんだよ」

私の方がすごい恥ずかしいことを言っているような気がしてきた。

急に、年上のお姉さん風を吹かせている私はいったい何様だ？

親に用意してもらった不労所得で、のうのうと生きるニートの私が、おそらく働いているであろう年下の男性に向かって年長者面をしている。

これで、トビイロさんが笑ってくれれば、恥を掻いた甲斐もあったということにはならないだろうか？

ならなさそうだ。そして、トビイロさんは笑っていなかった。

トビイロさんの方を見れないまま病院の外に出た。

ナースセンターを通るときに、不審な目で見られたが私が連れ立っていたこともあり、声をかけられることは無かった。

「ふぅぅー」

深く息を吐く音が聞こえて、トビイロさんの顔を見上げた。表情は分からないが、雲一つない夜空とは反対に、晴れていないことだけは雰囲気で分かる。

「行こうか」

先導するべく先を行くように脚を大股で動かすが、少し歩いてそんな必要は無いことに気がついた。

トビイロさんは歩くのが遅い。最初は脚でも痛いのかと思い聞いてみたら元からと言われた。テクテクというよりも、ポテポテという音が似合いそうな歩き方をするトビイロさんの少し前を私は歩く。

「シズカさんのことなんですけど」

トビイロさんが切り出した。

「どうなるんですか？」

「……分からない」

想像がつかない訳じゃない。でも、それらは全て想像どまりで、確証の一切ないことしか言えない。

「そうですか」

それ以上はお互い何も言わずに、また前を向いて歩いた。

会話が無いままに、目的地であるコンビニにたどり着いた。入口から離れた場所にある、喫煙スペースに反射的に目が行った。スタンド灰皿に足が向きそうになるが、今はトビイロさんも一緒だ。我慢を。

「煙草吸っていいですよ」

「いいの？」

トビイロさんからのありがたい提案に、ノータイムで返事をしてしまった。我慢は一秒として機能しなかったようだ。

「ごめん。ほんとにありがとう」

五千円札をトビイロさんに渡して別れた。これで、足りないことはないはず。

いそいそと煙草を取り出して火をつけた。

「ふぅぅ」

白い煙を未だ明るむ気配のない夜空に吐き出した。

肺に沁みる。手足の先端から体温が失われていくのに、不思議と寒くない。毎度のことながら、この感覚が心地よい。

頭からも熱が奪われて冷静になると、意識的に意識しないようにしていたことを思い出して、自分のクズ度合いに呆れる。ここまでは普段通りなんだけど、今日はトビイロさんのことも追加で混ざってきた。

病院にいたときに考えた、トビイロさんのこれからについて。

「本人が考えること」で結論づけたけど、さっきの「寂しい」という言葉が気になった。

あれは本心ではないとしたら？　起こるかも分からない犯罪に巻き込まれることに対して、必要以上に怯えて、私の心配をしてくれたのだとしたら？

私自身、似たような経験があるので、それを考えすぎだと、笑うことはできない。

普通は起こらない。

普通は巻き込まれない。

普通に生活していれば大丈夫。

このどれかの普通が一度でも崩れれば、今まで当たり前にあったはずの普通を見失う。そうなったら、自分が普通の枠組みから弾かれたということに、イヤでも気付かされる。

しかもトビイロさんは十割被害者だ。私とは違う。

頭のおかしい女に、たまたま目をつけられた。そんな彼が、これから毎日ビクビク怯えながら生活をすることになるかもしれない。

指先に微かに熱を感じて煙草がいつのまにか、短くなっていたことに気がついた。考え込んでいたらしい。

大して吸った実感もなく、一本吸い切ってしまった。さっきまではあんなに吸いたかったのに今は、二本目に手をつける気になれない。

喫煙欲求が満たされると、今度は食欲が主張してきた。私もおにぎりでも買おうかな。

Side M

「トビイロさん」

後ろから声をかけられて振り向くも、そこには誰もいない。

いや、下にカサさんがいた。

「煙草はもう良かったんですか？」

「うん。私もおにぎり買おうかな」

そう言って、陳列されている棚から爆弾おにぎり（inマヨネーズチャーシュー・おかかマヨ・エビマヨ）を手に取る。

おぉ、夜中にそれにいくとは。

「何買ったの」

「梅と昆布です」

手に持っている、二つのおにぎりを見せた。

少し、不満そうな表情のカサさん。

「どうしました？」

「いや、足りるのかなぁって」

まぁ、足りるはずがない。同い年の友人と比べても特段、少食というわけでもないので、腹八分目にも程遠いくらいの量だ。

「遠慮しなくていいんだよ」

そう言って、カサさんは二つ目を選び始めた。

「いや、夜中にあんまりカロリーが高いのを食べるのはちょっと」

「……」

言ってから、しまったと気づいた。ストンと表情の落ちたカサさんが、無言で自分の手に持っている爆弾おにぎり（inマヨネーズチャーシュー・おかかマヨ・エビマヨ）を見つめる。

そして、中身がほぼマヨネーズであろうそれを棚に戻した。

「やっぱり、お腹、そんなに、空いてないなー」

やや棒読み気味で、声が震えていたのを俺は聞き逃さなかった。というか、何の迷いも無く手に取っていたので、普段から買っているくらいにはリピーターであることは明白だ。

カサさんが戻したものと同じのを取る。既に持っていた普通のおにぎり二個よりも、爆弾おにぎり（inマヨネーズチャーシュー・おかかマヨ・エビマヨ）のほうが確実に重たい。

「半分俺が食べるんで、もう半分食べてもらえますか？」

「え？　いいの？」

「お腹空いてるので」

自分でも、似合わないことをしているという自覚はある。気恥ずかしさが勝るが、相手は命の恩人ということで黙らせた。

衛生用品の置いてあるところに移動して、歯ブラシに混ざって陳列されている携帯歯ブラシを手に取った。コンビニということもあって、なかなかに値が張る。

「これも買っていいですか？」

食料品以外ということで、カサさんに念のため確認をとる。

「いいよ。もしかして、潔癖症とか？」

「綺麗好きだとは思いますけど、そこまででは。歯を磨いてからじゃないと、気持ち悪くて寝れないんですよ」

「そ、そう」

カサさんの表情が若干引き攣っているように見えた。もしかしてめんどくさいとか思われた？

「じゃあ、私も」

そう言って、背伸びしてカサさんも俺と同じのを取る。手に持っているものがそこそこ、増えてきたので、一旦近くにあった買い物籠に移した。

「どこで食べる？」

飲み物を売っている棚の前を通ったときに、カサさんが聞いてきた。俺としては歩きながらでもいいかな、くらいに考えていた。そのことを伝えると、

「行儀悪くない」

とのことだった。意外と言ったら失礼だが、上品な育ちなのだろう。

幸い、イートインスペースがあったのでそこで食べることにした。カサさんが買ってき

てくれたお茶は、病院に置いてきたので水を二本購入するのも忘れない。

深夜ということもあって、イートインスペースには誰もいない。外に面しているカウンターテーブルの椅子に腰掛けた。

窓に映った自分の姿が目に入る。頭に巻かれた包帯。病院服。倒れたときに打ったのか、顔の痣。

酷いな、と他人ごとのように感じてしまう。やはり、まだ現実として受け入れきれていないのだろうか。

「病院から脱走してきたみたい」

隣に座っているカサさんが言った。

「たしかに。だったら、カサさんも共犯ですね」

「そうなる、のかな？　お父さんに怒られるのは、嫌なんどけど」

「カサさんのお父さんが何かあるんですか？」

「言ってなかったっけ？　病院の院長が私のお父さん」

「え？」

もちろん、聞いてない。

「ついでに、トビイロさんに手当てをして、病院まで運んだのもお父さん」

「明日にでも、お礼に行きたいですね」

「事情の説明とかも含めて、明日、全部説明するから。そのときに会えるよ」

言いたくなさそうに言われても、聞く気にはなれない。それに、明日になれば説明してくれるらしいし、急ぐことでもないと思う。

「聞きませんよ」

「……今、聞かないの？」

「ならよかった」

「ありがと」

よくわからないけどお礼をされた。

また空気が重暗くなりそうな気配がしたので、コンビニ袋からおにぎりを出して並べる。

「とりあえず、食べましょうか」

「ん、そうだね」

梅の方から手をつける。あ、海苔が破けた。

カサさんは爆弾おにぎりのラップを剝がすのに苦戦していたが、程なくして食べ始めていた。

「ふぁ」

黒い球体にかじりついたまま固まった。どうしたのかと思い、水に手を伸ばしかけたが、おにぎりから口を離したカサさんが言った。

「ごめん。齧った。こういうの気にする人？」

申し訳なさそうに顔を伏せて、目線だけを向けられる。いわゆる、上目遣いというものだ。いや、だからどうというわけでもないのだけど。

小さな歯型のついた黒い球体。うーん。

「あまり気にしない人です」

「よかったぁ」

大袈裟ともとれるくらいに胸を撫で下ろすカサさんの表情を見て、俺としても内心胸を撫で下ろした。

正直、かなり気にする方だが今それは言えない。一応、相手を選べば気にしないのだが、今日会ったばかりの人というのは、当然ながら選ばれることはない。

どうしようか？

と頭を悩ませるまでもなく、答えは既に出ていた。傷つけないためとはいえ、その場限りの嘘を吐く。

「はい、半分」

半球型になった、黒い元球体をカサさんが俺に差し出した。

「ありがとうございます」

嘘を本当にするためには、嘘を重ね続ける必要がある。

いつだったか、どこかで聞いた、そんな言葉を思い出した。

口元に持ってくると、微かに煙草の香りのするそれに齧り付いた。俺の歯型がカサさんの歯型を全て消すのに二口ほど要した。

2

Side F

起きる、という行為に、私はかなりの労力を必要とする。個人差はあると思うが、私は特段大きい力がいる方。

そのため、起きたらまず休憩をとるように心がけている。さっきまで寝腐っていたのに何を、と思われるかもしれない。ただそれは、朝食を食べる、お気に入りの音楽を聴く、シャワーを浴びるなど形は違えど、ほとんどの人がとっている行動だと思う。

私の場合はそれが煙草だ。

起床によって摩耗した精神の削りカスが煙に溶けて、口から出ていくような感覚。また今日が始まる、また目を覚ましてしまったという絶望感を、和らげてくれるような気がする。

「……」

「……」

眉間の皺を普段の三割増しにして、トビイロさんを睨むお父さん。

トビイロさんはその視線から逃げるように俯いており、俯いて下がった視線の先にはガッチリと掴まれているトビイロさんの腕がある。もちろん、掴んでいるのは私だ。

寝ている間に掴んだのだろう。逃すまいとでもしたのだろうか？

寝ぼけている人間の考えは分からない。

それが自分であっても同じだ。

状況を整理しよう。

まず、昨日、私達はコンビニから帰ってきたあと、しっかり歯を磨いてから寝た。

次に、起きたらお父さんがトビイロさんを睨みつけていた。

煙草吸いたい。

ああ、だめだ。寝起きで、頭が回らない。

「カサ」

低くしゃがれた声が、私を呼んだ。久しぶりに名前を呼ばれて思わず顔を上げてしまった。そう、しまった。

正面から見る父の顔は、老けたというよりも衰弱したという言葉が似合っていた。服装がワイシャツに白衣という幼い頃の記憶とさほど変わっていない分、余計にその差異を強く感じてしまう。

「そいつが起きたら説明してくれる約束だった筈だ。さぁ、説明してもらおうか」

凄むようにお父さんが一歩前に出た。身長はトビイロさんの方が高いと思うけど今はベッドの上で体を起こしているだけなので、当然目線はお父さんよりは下になる。

座っている私もそれは同様で、思わず握っているトビイロさんの手に力がこもった。

患者さんのことを、「そいつ」と呼ぶお父さんなんて初めて見た。苛立ちか、警戒か、もしくはその両方か。なんにせよ、理由は分からないが余裕のない様子が見てとれてかなり怖い。

トビイロさんには悪いけど、視線のほとんどが、トビイロさんに注がれていることが幸いだった。

「お父さん」

「なんだ」

眼球だけが動いて私を捉える。

「人に聞かれたくない話をするから、場所を移したいんだけど」

「……分かった」

お父さんは一度、長い瞬きをしてから、そう言った。振り返るとそのまま部屋を出ていく。付いて来い、ということだろうか？　言葉足らずは相変わらずらしい。

「行こうか」

トビイロさんに言うと同時に、自分にも言い聞かせた。

まずはここだ。私がトビイロさんに果たすべき責任の一つ。意を決してトビイロさんと一緒に部屋を出た。

職員用のエレベーターに揺られている間、私を含めて三人とも口を閉ざしていた。見上げる形になるトビイロさんの顔は土気色で、昨夜（今朝？）よりも顔色が悪いように思える。

悪いけど、本人が何も言わない限りは、今は我慢してもらおう。すぐ近くにはお父さんもいるから、何かあっても、大事にはならないはず。

「チーン」という音が、目的の階に到着したことを知らせた。

「来なさい。それと」

エレベーターから出たお父さんがこちらを振り向かずに言う。

「二人とも少し離れなさい」

低くて勢いのない声なのに、酷く尖っている。

言われた通り、トビイロさんと少し離れて歩く。先ほどまでもそこまで近かった訳では無いと思うが、そう見えたのなら、そうなのだろう。

通されたのは二つの長机と椅子がいくつか置かれただけの簡素な部屋だった。少人数で使用するとき用の会議室のようなものだろう。全体的に白が多いのは、裏方のここも一緒のようだ。

「まずは座ってくれ」

「はい」

「……」

先に座ったお父さんの対面に私が座り、私の隣にトビイロさんが座った。口元で手を組み値踏みするかのような視線が、威圧感を増していた。

「悪いが、このあとも予定があってな。あまり時間が無い。まずは、二人の関係から聞こう」

そう言って、お父さんは眉間の皺を更に深くした。

病室から持ってきた飲み掛けのお茶で口を湿らせて、一呼吸置いてから話し始める。

トビイロさんは「ヒビキ　シズカ」という女性に監禁されそうになって、その際に暴行を受けて怪我したこと。

私はシズカさんの親から彼女に部屋を貸すにあたって、盗聴器を用いての監視を依頼されたこと。

内容はもし事件を起こしそうになれば、起こさせてから現行犯で取り押さえて、証拠を作ってほしいというものだったこと。

毎月の家賃とは別に、依頼料を支払う用意があると言われたこと。

最後に、私がそれを承諾したこと。

「受け取っていた依頼料には、私は手をつけていないから、それはトビイロさんにそのまま渡す」

「え？」

　トビイロさんが疑問の声をあげた。

「これは私からの慰謝料。あのとき助けられなかったから」

「何言ってるんですか？　助けにはきてくれたじゃないですか。だから、俺はここにいる訳で」

「一ついいか」

　何も言わずに聞いていた、お父さんが割り込んで口を開く。

「警察に相談しなかったのはどうしてだ」

「……」

「犯罪者を取り締まるのは警察の役目だ。話を聞く限り、一般市民が個人の裁量で受け持っていい範囲を逸脱している。ましてや、盗聴だなんて。いくら親御さんからの依頼であったとしても、やっていいことじゃない」

「……はい」

　その通りだ。何一つ間違っていない。

　間違っているのは私だ。

「どうしてなんだ」

　唇の震えを飲み込む。喉を通して、話すのに支障のない手に移すように。

「シズカさんは、具体的な名前は言えないけど、有名な政治家のお孫さん、らしい」

　情報は自分なりに調べてみたけど、そこまで多くなかった。

「それで、選挙がもうすぐあるから、問題を起こされるのは困るってことで、私に依頼がきた」

「だから、持ちかけられた時点で警察に相談を」

再び震え出した唇を嚙みしめると、割れて血の味がする。舐めると滲みた。

「言いふらせば、殺すって言われた」

二人が息を飲むのが、俯いたままでも分かった。

そのときのことが思い起こされる。

秘書と思っていた男性が懐から銃を取り出して、発砲。黒い筒のような物がついていたからか、音はほとんどしなかった。

強いて言えば、パシュッ！　という、炭酸の蓋を開けたときの音に似ていた気がする。

壁に空いた穴は今でも残っている。その穴を見る度に、あの日初めて嗅いだ硝煙のにおいがフラッシュバックする。これは現実だと、拳銃と共に突きつけられている気がした。

「だから、私は」

声が震えそうになる。

「トビイロさんを」

ダメだ。最後まで言え。

自分の命惜しさに、誰かしらが危険な目に遭うのを容認した。本当は入居させたのが間違いだった。

上擦りそうになる声を、抑えるのに手間取っていると、今度はトビイロさんが遮った。

「大変でしたね」

「え」

そんな、他人事みたいな言い方をされるとは思っていなかった。昨日今日の会話で、トビイロさんから罵詈雑言が飛んでくることはないと思っていたけど。

「まるで他人事だな」

お父さんが言った。

どうやら、私と同じことを感じたらしい。

「言っていなかったが、君は頭を縫っている。うまいこと衝撃を受け流すかたちで殴られたから、少なくてすんだが、それでも十二分に大怪我の部類だ」

「正直、まだ現実味がないといいますか……。あっ、だからといって、カサさんに感謝していないとかではないです」

「……感謝なんてしなくていいんだよ。私が元凶なんだし」

「今の話を聞く限り、カサさんは元凶じゃないですよ」

「え？」

「元凶はシズカさんで、もっと言えばそんなシズカさんを野放しにした親族かと。脅されていたんだったら、尚更です」

「なんで？」

「何がですか？」

「なんで、そんなこと言うの？」

何を私は聞いているんだろう？　トビイロさんが冷静すぎて、逆にこちらが混乱する。気づけば、自分でも意味のわからないことを聞いていた。

慌てて説明をしようと、口を開きかけたがそれよりも早く、答えが返ってきた。

「最初は、経緯がどうであれ、命の恩人を責めることは絶対にしないと思っていました」

トビイロさんが、そこで言った言葉を区切る。

「ただ、経緯を聞いた今はむしろ、俺よりもカサさんの方が被害者です」

「私が、被害者？」

「だって、脅されていたんでしょう？」

「でも、お金もらっていたし」

「それは納得いかないまま、渡されただけです」

「誰かが、シズカさんの被害に遭うのを知っていたんだよ」

「未然には防げずとも、俺が殺される前に助けてくれました」

「もっと早く助けられれば、そんな怪我をしなくて済んだのに」

「……カサさん。最近、ちゃんと寝たのはいつですか？」

急にトビイロさんの顔付きと話が変わった。

私のことを見ているようで、見透かしているから見えていないような。不思議な感じがする。

「一昨日の昼に五、六時間とか？」

「夜は？」

「あまり」

嘘だ。

「嘘ですね」

「え？」

本当に私のことを見透かしている？　いやいや、そんな訳ない。昔から表情が読めない、何を考えているか分からないと散々言われてきた。

「夜はまったく寝てませんよね。昼に寝るというのも、たまに意識を失っているような感じでは？」

全部当たっていた。

ストーカー、という言葉が頭に浮かんだがそれはシズカさんであって、トビイロさんではないはずだ。

「なんで分かるの？」

「寝不足の人は、毎日たくさん見てますから」

あっけらかんと、トビイロさんが言ってのける。

「その人たちよりも、今のカサさんは寝不足に見えたので。そんなになるくらいには常に神経を張っていてくれたんでしょう？　だから、俺は助かったんです」

種明かしをされても首を傾げずにはいられない。本当にそんなことがわかるものなのか？

「はい」

「君、トビイロくんと言ったね」

お父さんがさっきまでの、どこか苛立ち混じりの顔をやや緩めた。

「仕事は何をしている」

「……整体師をしています。まだ見習いですが」

「そうか。……もしかして、職場は公民館の近くか？」

「はい」

何故か納得した様子のお父さんと、今度はトビイロさんが警戒しているような。

今の短い会話で二人の間に何があったんだろう。

「カサ」

「あ、は、はいっ」

トビイロさんから視線を逸らさずに、私の名前を呼ばれた。焦ってお父さんに「はい」とか言ってしまった。

「事情は分かった。今回のことはお父さんから、警察に通報したりはしない。死人が出るような事態だったら、話は別だったが。トビイロくんを助けるために、お父さんに迷わず連絡した判断を尊重したい」

　一度、キッとトビイロさんに視線を向けてから、お父さんが私の方を再び向く。

「トビイロくんは……お前が説得しなさい」

「え、あ、ありがと」

「今後は部屋を貸す相手を選ぶときは、お父さんに相談するように。いいな」

「分かった」

「二人は十分くらい経ってから部屋を出なさい。退院手続きを済ませたら、帰っていい。それでは、お大事に」

　そう言って、お父さんが部屋を出ていく。それだけで空気が軽くなったような気がした。ただ、私にはまだやらないといけないことがある。だから、お父さんは私とトビイロさんを残したのだろう。

「今回のこと、改めてごめんなさい」

　テーブルに頭をこすりつけるように、深々と下げた。

「依頼料はさっき言った通り、全額貰ってほしい。それとは別に、口止め料が欲しいって言うんだったら、私の貯金から出す。だから、」

「俺も警察に言うつもりはないですよ」

「……いいの？」

「はい。万が一にでもカサさんに危害が及ぶのは避けたいので」

正直、言いたいことはいっぱいある。

冷静すぎるトビイロさん。

話しの呑み込みの早すぎるお父さん。

多分だけど二人とも、それぞれ別の思惑を持っている。

ただ、今は、それよりも言うべきことがある。

「ありがとう」

Side M

退院手続きを済ませてから、病院を出たのは昼前くらいになった。もっとも暑い時間だ。直射日光を全身で浴びると、目の奥が痺れるようで心地よい。

「洋服、新しいの用意してくれていてよかったね」

「ええ、血だらけの服で帰るハメになるところでした。処分までしていただけて良かったです」

そんな会話をしながら、カサさんと並んで歩く。

目指す場所は病院前のバス停。と言っても病院前と書かれているくせに、そこそこ離れているバス停とはこれ如何に。

「お昼は、ここらへんで食べてく？　というか食べれる？」

スマホで時間を確認すれば、時刻は十一時五十一分を表示していた。その表示の下に職場からの連絡が入っている旨の通知もあった。

「そうですね」

カサさんに答えつつ、職場からの連絡は一日置いておいて、近くで食事を摂れるところを探す。マップ上に点在する店々を現在位置から近い順にリストにしてから、それを見せながら聞いた。

「どれがいいですか？　カフェは少し歩いたところ、ここら辺だと、ファミレスとかのチェーン店ですけど」

「うーん、じゃあこれで」

そう言ってリストの一番上、つまり一番近いところにある、某ハンバーガーショップをタップした。昼間ということで、念のため、混み状況を確認。平日だからかドライブスルーはそこそこだったが、店内だとそこまで混んでいないらしい。

「何頼みますか？」

「ツキミってまだだよね」

「そうですね。九月の下旬くらいからだったと思います」

「あれ、結構好きなんだよね」

「あ、でも今ならサムライシリーズとかしてますよ」

「へぇ、そんなのもあるんだ。見せて」

歩くこと数分。当初の目的地であったバス停の反対車線にある、某ハンバーガーショップに到着した。病院から出てきたその足で、ジャンクフードを食べに行くというのは、なかなかに罪深いことをしているような気分になる。

空調の効いた店内に入ると、さっきまでじんわりとかいていた汗もすぐに乾いていった。

「ご注文は何にいたしますか？」

「自分はこれで」

メニュー表を指差して、腹に溜まることを最優先に考えて造られたかのような、大きめのバーガーのセットメニューを注文した。カサさんもメニュー表に顔を近づけてを覗き込み、悩んでいる様子だった。

陰にならないように一歩引いて、カサさんの背中を見る。

小さい。

背が低いとか華奢だとかも勿論あるが、丸まった背中と俯くことに慣れ切った首の角度が、よりその印象を強くしていた。

俺はこの人に助けられたのか。

「じゃあ、この……」

悩んだ末に、エビカツを挟んだバーガーのセットメニューを頼んでいた。道中、話していたサムライシリーズはお気に召さなかったらしい。

その後も滞りなく、注文を済ませて番号札を渡された。好きな席で座って待っていたら、持ってきてくれるとのことだった。

「お支払いは現金ですか？」

「バーコードで」

カサさんが財布を出す前にアプリで会計を済ませたら、カサさんが俺の服の裾を引いた。

「自分の分くらいは出すよ」

「昨日のコンビニ代のお返しですから、気にしないでください」

「……ありがとう」

「いえいえ」

店内飲食のフロアにはポツポツと人がいる程度でほとんどの席が空いていた。最も奥まったところにある壁際の席はノートや参考書を開いて勉強に精を出す人が座っていた。その対角に位置する窓際の席にした。カサさんにも確認すれば、それでいいとのことだった。

手を洗ってから番号札を置いて、カサさんがお手洗いに行ったのを見計らって、さっきはスルーした職場からの連絡に目を通した。

内容は、次の営業再開の日程が明後日まで延期になったというものだった。なんでも、シロアリを完全に、撲滅するためらしい。

こちらからも、頭に怪我をしたこと、そのためしばらく、お休みをいただきたいことを、連絡しておいた。すると、すぐに三週間休んでいいと、返信があった。話が早くて助かる。

カサさんが戻ってくるのが見えたのでスマホを置く。

「まだ、きてない？」

トイレからカサさんが戻ってきて開口一番にそう言った。

「まだきてないですよ。ファストフードと言っても、そこまで早くなってはいないみたいですね」

「あんまり早すぎても、私は落ちつかないけど。こっちも急かされてるみたいで」

「あぁ、それは分かります。レジ打ちが早い人とかだと、焦ってお札だけ出しちゃいますよね」

「そうそれ。てか、久しぶりにきたけど、システムちょっと変わってたんだ」

「俺も思いました。持ってきてくれるようになってたんですね」

「トビイロさんも久しぶりだったんだ」

他愛のない会話に興じていると、お盆をもった店員さんが近づいてきて、品物をテーブルに置いて去っていった。

「とりあえず食べましょうか」

「うん」

特に会話は無く、黙々とそれぞれで食べ進めた。

あまりジロジロ見るのは失礼だとは思いつつも、チラリと視線を向ける。大口を開けることも無く、品よく食事をする様子が窺えた。

食べ歩きのことといい、根はかなり上品なのでは？

「ふぅー」

バーガーも食べ終わって残るは、一緒に食べようということで別々に注文した、ポテトとナゲットだけになった。油で湿った指を拭き紙で拭ってから話を切り出した。

「引っ越しをしようと考えています」

「へ？」

カサさんの顔がピシリと、固まった気がした。急だっただろうか？

「それはやっぱり……」

「はい。シズカさんに自宅を知られているままというのは、気が小さく思われるかもしれませんが、怖いので」

今回は生きたまま監禁だったが、次は殺しにくるかもしれない。それが行き過ぎた被害妄想だと思えない。

「今度はセキュリティのしっかりしているところに引っ越そうかと。幸い、安静にするようにとお休みを三週間もいただけたので」

「それは、よかったね。というか、三週間って。そんなに休んで大丈夫なの？」

「もともと個人経営だったところに俺が入ったので、逆に抜けたところでそこまで影響は無いと思いますよ」

「どこらへんとかは決めてたりする？　不動産ならいくつか紹介できるけど」

「特には決めてないですけど、職場のこともあるので、あまり遠くには引っ越せないですね」

正直、話さなくてもいいかなとも思ったが、関係者であるカサさんくらいには伝えておくのが筋だろう。話したからと言って何か変わる訳でも無いのなら、話しても問題はないはずだ。

「部屋が決まるまでは、どうするの？」

「そこなんですよね」

まだ昨日の今日でシズカさんを招いたあの部屋で寝泊まりをするというのは、気がひける。警戒しすぎだろうか？

「しばらくはビジネスホテル。最悪、ネットカフェですかね」

そう自嘲気味に言えば、カサさんから意外な提案が飛んできた。

「じゃ、じゃあ！　部屋決まるまでの間、私の部屋使っていいよ」

「それは……」

非常に魅力的な言葉だった。

無駄な出費はしないに越したことは無いし、引っ越しが控えているのなら尚更だ。そこに振って沸いた宿の提供。

ただ、昨日今日知り合ったばかりの人の家にいきなり上がり込むのはどうなのだろう？と思ったが、同じようにシズカさんを一晩泊めたことを思い出した。

「セキュリティもしっかりしてるよ。エントランスから入るのにマンションの鍵がいるし。シズカさんの鍵は昨日、部屋に突入したときに回収してるから入ってこないよ」

でもなぁ。やっぱり、出会ってばかりの男女が一つ屋根の下というのはなぁ。それで事件になったわけだし。

「私もシズカさんが、何かの間違いで親御さんの元から逃れてきたときのことを考えると、男の人がいてくれた方が安心だし」

そう言われれば俺は折れるしかなく、カサさんの提案に飛びついた。いや、意固地になっていた俺を、折れさせてくれたのだろう。

「……しばらくの間、お世話になります」

「うん、よろしく」

店を出て場所をバス停に移した。日避けの屋根の下でありながら、吹き抜ける熱風によってサウナのような有様だった。

「さっきも言ったけど、エントランス通るのに、鍵が必要だから。合鍵も最初に、念の為に作ったのはいいけど、渡す人いなかったんだよね」

ハハハと笑うカサさんだが、俺としては微妙に笑いにくい。ちょうど、バスが到着したので、「乗りましょうか」と促して、相槌を濁した。

「細かい話は落ち着いてしたいから、最低限の荷物だけ持って私の部屋まで来て。タオルとかは、貸せるから大丈夫だよ。私は掃除しとくから」

バスに揺られながら、カサさんが言った。

「掃除……」

掃除と聞いて、苦いものが込み上げてきて言葉に詰まる。

「どうかした？」

「カサさんは、」

「うん」

「昨日、会ったばかりの男に掃除を手伝わせることってありますか？」

「ない」

ばっさりだった。

昨日のシズカさんと、それにほいほいついていった俺が、常識が無かったということになる。

「いや、掃除をどうしても手伝いたくないというわけではなくてですね」

弁明も兼ねて、昨日俺がシズカさん宅に招かれた、もとい誘い込まれた経緯を話した。

「それは、ちょっと怪しいよね。昨日会ったばかりの人を泊めようとしている、今の私と同じくらい怪しい」

苦笑いをしながらそう言ってくれるカサさんだったが、さっきの即答を聞いた今、「ちょっと」という言葉にも気遣いを感じてしまう。

「ですよね」

世間知らずという意味では、俺もシズカさんと良い勝負だったのか。

上流階級の箱入り息子としてではなく、ごくごく一般的な家庭で育ってきたはずなのに。頭を抱えたくなった。

目的のバス停で降りて、俺の住んでいるマンションの前まで並んで歩く。平日の日中ということもあって、住宅街であるここら辺は、時が止まっているような静けさが満ちていた。

「静かですね」

「静かだね」

会話はそれだけで、あとは黙々と歩みを進める。

染み入るような静寂というのは心地よい反面、同時に怖くもある。

もしかしたらこの世界には自分一人しかいなくて、寂しさの末に気でも狂って幻覚を見ているだけなのでは？　そんな馬鹿げた妄想が過るたびに、幻覚だろうと覚めないで欲しいと思う。気が狂う必要があったのなら、狂ったままのほうが幸せなはずだ。

「ねぇ」

「はい？」

カサさんの声で妄想から現実に引き戻される。

「これ鍵。忘れないうちに渡しとく」

カサさんが掌に乗せた裸の鍵を差し出してきた。

俺の自宅の鍵とは違い、側面がギザギザとはしておらず、表面が所々、丸く凹んでいる。所謂、いいところのちゃんとした鍵だ。

「出番の無かった鍵ですね」

「そう、ようやく出番ができた」

ほんのり温かい鍵を受け取ると少なくともこの人は、カサさんは、今目の前にいて、俺は狂ってはいないのだと思えた。

病院で咄嗟に言った「寂しい」というのはもしかしたら、俺自身が気づいていない本音だったのかもしれない。だとしたら、なるべく早くカサさん宅から退去できるようにしないと。

アパートのある通りの前でカサさんと別れて一人部屋に向かう。入る前こそ、もしかしたらシズカさんがいるかもと警戒してしまったが、入ってからは勝手知ったる我が家として、落ち着きで俺を包み込んだ。

一人でこそ感じられる安心感。やはり「寂しい」というのは本心ではないのだ。それを、しばらくの間とはいえ、手放すと思うと息が詰まりそうになると感じていることが何よりの証拠だ。

コートのかかっていない玄関のコート掛けは、夏場でありながら枯れ木のようだった。冬になれば生い茂るそれに掛けてあった、大きめのトートバッグに必要な物を入れていく。服、下着、歯ブラシ類、タブレット、充電器類。物を極力増やしたくないという自分の性が、こういうときに持っていく物を選別する必要がないという利点があることを初めて知った。

次に冷蔵庫の中を確認する。

あるのは調味料が少しと、お茶が冷やしてあるくらいで、食材は殆どない。一人分くらいなら、下手に作り置きしたりなどせずに、毎日使い切れる分だけ買い物をして調理する。その方が効率的だと気づいてからはなるべくそうするように気をつけていた。

しばらくは、帰ってこないだろう自宅を見回すと、飲み込んだはずのため息が込み上げてきた。大して変わり映えのしない室内が、急に名残惜しく感じる。

……うん、これなら大丈夫だろう。

また、すぐに元の生活に戻れる。

そんな確信を胸に、戸締まりを厳重にしてから、部屋を出た。

Side　F

玄関のドアを閉めて、後ろ手に鍵を閉めると大きくため息が漏れた。

正直、自分でもなぜトビイロさんを泊めようなどと思ったのか分からない。

責任感が空回りした結果のあの発言だったのか、それとも一瞬とはいえ自分を頼ってくれた彼に、独占欲めいたものを抱いたのか。

もし、後者なら私もあの女と変わらない。いや、変われていないが正しいか。

何はともあれ、口から出た言葉は、出所の意志などお構いなしに意味を持ちたがる。そして責任を取るのはいつだって、出所たる私だという。理不尽な話だ。

リビングのソファに体を預けて、最後の一本となっていた煙草に火をつける。

いつもならベランダに出て風にあたりながら吸うのだけれど、今はそんな気力も湧かない。

人生で一度体験するかしないかの修羅場に対処したり、お父さんに会ったり、トビイロさんと話したり。こうして考えると、昨日今日の私は世界一の働き者に思えた。まぁ、それも年中ニートをしていた分のツケが一気にきただけの気もするけど。

揺らぐ煙に目を細める。

僅かに視界のピントが合いそうになり、一度瞬きをした。そういえば、眼鏡を随分前から見ていない。

ぼやける視界と煙る景色をただ往復するだけの生活なら、眼鏡なんてなくても不自由はなかった。手元が見えれば日常生活はなんとでもなるし、盗聴に必要だったのは視力ではなく聴力。

あぁ、そうか、盗聴もこれからはしなくていいのか。六月から捲られていないカレンダーで隠している、銃の跡に怯える生活ともおさらばらしい。

ただ、元の生活に戻るのはもう少し時間がかかりそうだ。しばらくはトビイロさんがいることになるのだから。……煙草なんて吸っている場合じゃなかった。

家に帰り着いた途端に、張り詰めていた気と一緒に、やらなければいけないことまで頭から抜けたらしい。

まだ少し残っている煙草を咥えたまま、立ち上がった。

どれくらいの間、ソファで溶けていただろう。まだ、一本吸いきっていないから、おそらく三分は経っていないはずだ。

「そうじ」

口に出してはみるものの、何から手をつければいいのか分からない。

とりあえず、目についたので灰皿の中身を捨てた。ついでにくわえていた煙草もシンクに落として水をかけてから捨てる。埃かぶっていた消臭スプレーを、部屋中に振り撒いた。見た感じトビイロさん喫煙者ではないようだし、煙草の臭いはしないに越したことはないはず。

私自身は既に、ヤニ臭い女として見られているかもしれないが、この空間は別だ。まだ希望がある。

ふと、足元のざらつきが気になって、しゃがんでフローリングを見れば、所々、私の髪の毛と思われるものが落ちていた。

リビング、空き部屋、廊下と掃除機をかけていく。確認のたびに腰を曲げる煩わしさに、いまさらになって眼鏡の存在が恋しくなった。だけど、眼鏡を見つけるのにも眼鏡が必要なので、諦めるほかない。

廊下に掃除機をかけているときに、なかなか吸えない大きめのゴミがあった。おかしいなと思い、顔を近づけてみると、それは血痕だった。多分トビイロさんをここで介抱していた時に垂れていたのだろう。急いで拭き取るべく、タオルを濡らして絞り、拭いていく。絞る力が足りなかったのか、血痕のあった場所とその周囲を水浸しにしてしまったが、乾拭きをすれば問題ない。そう思っていたが血痕はなかなか取れず、水溜りを作るだけだった。

タオルには赤黒い滲みができているから、綺麗に近づいてはいる、はず。……腕が疲れてきた。たしか一昨日、食べたお弁当に割り箸がついていた。それに爪楊枝が入っていなかっただろうか?

ピンポーン♪

台所でゴミ箱を漁っていると、玄関のチャイムが鳴った。トビイロさんが来たのだろう。まずい。

今、玄関から見える廊下は酷いことになっている。とてもじゃないけど、人を招いていい状態ではない。かといって、怪我人を外に立たせるのもダメだろう。

……玄関に向かい、ドアを少し開けて顔だけ外に出す。

「来ました。もしかして、早かったですか?」

「まぁ、いや、大丈夫。ごめんだけど、ちょっとだけ待ってて」

トビイロさんの返事も待たず扉を閉めた。怪我人どうこうよりも、自分の体裁を優先した私だった。

水の滴るタオルを拾い上げて洗濯カゴの中に放り込んだ。乾いたタオルを持って床の水滴を拭いていく。徐々に水気がタオルに移り、手のひらの感触を変えていく。最後に、新しいタオルを持ってきてそれで拭いて仕上げた。

洗濯カゴにそれらを叩き入れて、再び玄関方面へ折り返した。さっきから急ぎ足ばかりで、転ばなかったのが奇跡に思えた。

「おまたせ」

「全然、待ってないですよ」

「ありがと」

何にお礼を言ったのかは正直分からない。

またしても言葉が、私の意味を置いていったらしい。まぁ、今回は正解っぽいので見逃してやろう。

「とりあえず入って、あっ、鍵は閉めてね」

「はい」

トビイロさんの返事と殆ど同時に鍵のかかる音が聞こえた。

「ここまでは問題なかった？」

「ええ、昨日のことが嘘みたいに平和でした」

「そっか」

よかった、とは言えなかった。

玄関からリビングまで続く廊下。

左右にそれぞれドアがあり、個室となっている。二つとも空き部屋となっているので、そのうちの一つをトビイロさんの部屋とした。

「荷物そんだけ？」

部屋に案内したときに初めて気がついたが、トビイロさんはかなり身軽だった。荷物は大きめの麻布のようなトートバッグ一つだけ。他は無い。

女は何かと入り用で物が多くなりやすいとはいうが、反対に男性はこうも物が少なくで済むものだろうか？

「どうかしました？」

「え、あ、いや物が少ないなぁって、思って」

「あまり、物を増やすのが得意ではなくて」

遠回しにごちゃごちゃしているのが嫌い、と言っているような気がする。

それを聞いて、内心ホッとした。

「私もだよ」

「奇遇ですね」

「だね」

病院にいた時から感じているのとは違う、もっと自ら進んで積み上げたいと思えるような親近感を、トビイロさんに感じた。

「敷布団が予備のがあるから、後で出しとくから」

「あの」

「どうした？」

「すみません。床で寝ると咳が出るので、ソファかなんかあればそこで寝てもいいですか？」

なんと。言ってくれてよかった。そして、先に布団を出しておかなくてよかった。もし既に布団が置いてあったらトビイロさんは、気遣って言い出さなかったかもしれない。

「うん。ソファはあるから、そこで寝てもいいよ。ただ、リビングから動かせるような大きさじゃないから、そっちで寝ることになるけどいい？」

「それは全然大丈夫です」

リビングに置いてあるソファはかなりの大きさで、以前、業者さんが二人がかりで運び入れたものだ。トビイロさんと私では持ち上げることすらできないだろう。主に私が。

「じゃあ、他のところも教えとく」

トイレ、浴室、洗面台、洗濯機の場所などを教えて、最後にリビングに入った。

「あっちが私の部屋」

襖の奥を指差して告げる。勝手に入ってこないようにとは、言う必要は無いだろう。なんとなく、トビイロさんはそういった常識や良識を守ることに固執するタイプに見える。

シズカさんのときは、それが不足していただけ。本来なら、ちゃんと警戒して事に臨めるだろう。

「冷蔵庫の中は好きに使っていいよ。って言ってもレトルトしか入ってないけど」

視線が自然と、レトルト食品のパッケージが溢れているゴミ箱にいってしまった。同じようにトビイロさんの視線も動く。後で、ゴミを捨てにいかないと。

「……何か食べれないものってありますか?」

少し困ったような顔でトビイロさんが言う。

「ないけど」

「今晩は俺になにか作らせてください」

「え?」

「手料理とかダメでしたか?」

「いや、そういうわけじゃ、無いけど。気とかつかわないでいいよ」

「一人分も二人分も手間は対して変わらないので、大丈夫です」

単純に考えて、手間は倍になる気がするんだけど。全く料理なんてできない私にはトビイロさんの発言の真意は分からない。

「ありがと。たのしみにしてる」

分からないなら、善意に甘えてみることにしよう。

Side　M

「とは言ったものの」

冷蔵庫の中を拝見するも、本当に大したものは入ってなかった。カレーや親子丼のレトルト食品がポツポツと入っていたが、冷蔵庫に入れるものだっただろうか？

「ね、何もないでしょ」

同じく覗き込んでいたカサさんが言った。まだ、クーラーの効き切っていない室内での唯一の冷所に、気持ちよさそうに目を細めていた。

「それにしても、立派な冷蔵庫ですね」

同意するのも憚られたので話題を逸らして、冷蔵庫の閉じた扉に触れた。俺の持っているものよりも、一回りほど大きいそれは、上部は左右どちらからでも開けられるようになっている。さらに、その下には引き出し式の野菜室と冷凍庫が別でついている。

「中身に伴っていないよね」

話題を逸らし切れてはいなかったようだ。

「元は実家ので、お父さんが新しいのに買い替えるからってくれたの。電子レンジもそうだよ」

型落ち品ということだろうか？　いや、そこまで古い型には見えない。お金持ちがすることは分からない。

「洗濯機もいいやつでしたし」

さっき案内されたときに見せてもらったそれは、乾燥機付きで洗剤の自動投入機能のあるドラム式。うろ覚えだが、二、三十万はしたような気がする。

「あれも貰い物、かな？　兄さんが、引っ越し祝いにって」

顔が引き攣るのを手で覆って隠した。引っ越し祝いで出す金額じゃない。

「お兄さんがいるんですか」

「うん。まぁでも、もう何年も会ってないけどね。あっちは普段は海外にいるし、帰ってきても私と違って忙しいみたい」

どうやらお兄さんとやらは、俺とは住む世界の違う人らしい。

「全部自由に使っていいからね」

「ありがとうございます」

壊さないように細心の注意を払わないと。弁償なんて、考えたくもない。

「包丁と鍋とフライパン、各種ボウルも、けっこうあるんですね」

傷一つないピカピカの調理器具を見た。置き方も乱雑とまではいかなくとも整理されてもいない。ボウルは埃を被り、剝き身の包丁が一本だけ出ていたりする。

「それも引っ越し祝い」

まだ見ぬお兄さんが、猫耳をつけたカサさんに、小判を渡す様子が頭を過った。

食材がなければ料理もなにもないので、食材調達のために、近所のスーパーに向かうことになった。俺も普段からよく利用しており、それはカサさんも同じようだったので、もしかしたらここですれ違ったことがあるかもしれない。

「何か食べたいものとかってありますか？」

　野菜を見ながらカサさんに聞いた。

「とくには」

　食べたいものは無いらしい。

　なんでもいいが一番困ると言っていた母のことを思い出した。今までは自分がその日食べたいと思ったものを作れば良かったので、気にしたことがなかったが、なるほどこういうことか。

　カサさんに手料理を振る舞うというのは、お礼も兼ねてはいるが、あくまでも俺がレトルト食品よりはおいしい物が作れるし、食べたいということの方が大きい。だったら、普段通り自分が食べたいものを作れば良いはずだ。

　ただ、それはあまりにも自分本意が過ぎる。

　そして、人に料理を振る舞ったことなんて数えるくらいしかないので、こういった時に作るべきものというのも分からない。

「よし」

　悩んだ結果、レタスとベーコンを手に取った。

「何作るの？」

「シチューです」

レトルト食品にはなくて、だからと言ってお惣菜でも売っていない。さらに外食でも出てきにくい、という理由で決めた。

「シチュー？　白いほうの？」

「そうです。牛乳は大丈夫ですか？」

俺的にはシチューと言えばビーフシチューのほうなのだが、カサさんが白い方が良いというのなら別に構わない。

「だいじょうぶ」

ダメならダメで豆乳を使ったりもできるが、大丈夫らしい。玉ねぎ、にんじん、じゃがいもと、その他の細々したもの手に取っていく。

値段はそこそこになるだろう。

普段は安くなっている食材を見てから、冷蔵庫の中身と合わせて食べたいものを決めるが、今日は料理に合わせて食材を買っている。だから、多少の割高なのは仕方がない。

衛生用品のコーナーに向かい、食器用洗剤とスポンジを籠に入れた。さっきカサさん宅で見たシンクには包丁やまな板などの調理器具以外、何も置かれていなかったからだ。

近くにあった、温泉セットの小さなボディーソープとシャンプーの容器を籠に入れた。

「それも買うの？」

カサさんが籠の中を覗き込みながら言う。

「自宅のを持ってこようかと思ったんですけど、置き場所に困りそうだったので」

「私のでよければ、使っていいよ。そんな高いものでもないし」

ありがたい提案だった。特に拘りもないので、買わなくて済むのならそれに越したことはない。温泉セットの洗剤を棚に戻す。

「でも、明後日くらいまでは頭洗ったらダメだからね」

念を押されてから、自分が頭を怪我していることを思い出した。

「分かりました。他に何か、入り用になるものとかってありますか?」

「……煙草かな」

少し考えたあとそう告げられた。

レジのほうで売っているらしい。俺自身は全く吸わないので、意識したこともなかった。

「やっぱ、見られてるね」

レジ待ちの列に待っているあいだ、カサさんがそう言ってきた。おそらく、頭の包帯のことを言っているのだろう。

カサさんは昨日と変わらず、灰色のロングTシャツ一枚だけという格好で生足が眩しく見える。ラフな服装だが、注目される要素はどこにもない。

対して俺は、頭に包帯をぐるぐる巻きにしている。もっと言えば、身長の低いカサさんと並ぶと大男に見えるかもしれない。

「しょうがないですよ」

「それはそうだけど、あまり気分良くないよね」

カサさんが困ったように笑った。

「まぁ」

会計をしてくれたパートの女性も終始、頭の包帯にチラチラと目線がいっていた。平和なここら辺では、こんな怪我をした人というのは珍しいので仕方がない。

カサさんが何か銘柄を店員さんに言っていたが、耳馴染みが無さすぎて、ほとんど聞き取れなかった。煙草が一箱で六〇〇円くらいすることをこのとき、俺は初めて知った。なんとなしに、一箱でどれくらい持つのかを聞いたら、一日だという。毎日の嗜好品というには、決して安くはない。

会計時に、カサさんは半分は出すと言ってくれた。

だが、後ろに人が並んでいるから後で、といって押すようにして、会計を済ませた。後からもらう気は無い。宿代としては安いくらいだ。

帰り道で、信号を待っているときにカサさんが、こんなことを言った。

「煙草、高いよね」

「そうですか?」

一応、惚けておく。

「そうだよ」

横断歩道を横切っていた車の群れが止む。

「トビイロさんは吸わないんだよね」

「吸わないですね」

信号が青に変わったので歩き出す。

「やっぱり、それってなんか喘息とかだったりするの？」

あー、そういう。

歩きながら、なんとなく会話の先を察した。

おそらくカサさんは、煙草を吸っている人間が、近くで生活をしても問題はないのかが聞きたいのだろう。

布団の件を鑑みれば、抱いて当然の不安とも言える。

「喘息持ちとかじゃないです。咳が出るのは、ハウスダストとかの埃にあてられたときだけですよ」

「そっか」

ホッとした様子のカサさんを見て、ニコ中という文言が思い浮かんだ。

「いやさ、本当はトビイロさんがいる間くらい、やめられればいいんだけど、それも無理そうで。もう立派な中毒者だよね」

困ったようにカサさんが笑う。

自覚はあるらしい。

「好きで吸っているなら、それでいいと思いますけど？」

「好きじゃないよ。煙草なんて。やめられないだけ。それが中毒。お酒は？」

「飲みませんね。ついでにギャンブルもしませんよ」

「そっか。いいことだよ」

年長者のような、口調でカサさんが……いや、年長者なんだった。見た目のせいで、どうしても忘れがちになってしまう。

「そうですか？　詰まらない奴だって思ってません？」

「思ってない、思ってない。それに私も煙草だけ。お酒も賭け事もしないから」

どうやら、カサさんも三分の二は俺側らしい。

「詰まらなくはないですか？」

皮肉を込めて聞いてみる。

「それくらいが私にはいいの」

謙虚な返答の割に、その横顔は窮屈そうだった。


慣れない薄暗い玄関で躓き、転びそうになったが転倒することはなく、無事にキッチンまでたどり着くことができた。

「ドジっ子？」

カサさんがボソッと言ったのは、聞かなかったことにした。

「座っていてください」

「いや、何か手伝うよ」

そんな感じのやりとりがあったのは、言うまでもない。

最後は説得の甲斐あって、俺一人での調理となった。

カサさんを信用していないとかではない。ただ、慣れない場所で、滅多に料理をしない人と調理を行うというのは、独特の緊張感がある。それを避けたかった。

取り敢えず肉を切る前に、サラダの野菜を切っていく。

水道の水は生ぬるく、野菜を締めるには物足りない。仕方ないので今回は、レタスの外側をシチューに、もとよりシャキッとしている内側をサラダに回すことにした。

内側は火を通さない分、丹念に洗っていく。

トマトも八等分にカットする。旬はまだすぎていないようで、スーパーでは大きくてハリのあるものが多く見られた。

ドレッシングは市販のものを使う。自作してもよかったが、そうなると調味料が数種類必要になるため断念した。勝手に、冷蔵庫にカサさん一人では使わないであろう、調味料を増やすのは気が引ける。

余計な洗い物を出したくないので、そのまま小皿に盛り付けて冷蔵庫へ。

ここまでの間、カサさんは特に何をするでもなく、ただソファに座って、こちらをチラチラと見ていた。心配が根底にあるような視線は、随分と久しぶりの感触だった。どうしても、むず痒く感じてしまう。

「好きなことしてていいですよ」

耐えきれなくなってそんなことを言ったが、ここはカサさんの家なのだから、俺が何か許可を出すのは間違っているような気がした。

「ベランダいるから」

それに気を悪くしたというわけではないだろうが、カサさんはベランダに出ていく。片手に煙草を握り締めていたので、煙草を吸いに行ったのだろう。

気を使わせている。

その自覚はあれど、跳ね除けていいものでもないようにも感じてしまう。煙草のにおいが消臭剤に混ざってまだ部屋に残っていることから、普段は部屋で吸っているのだと思う。

迷惑になっているのでは？

そんな疑問が浮上したが、今更すぎるので考えなかったことにした。

Side F

「好きなことしてていいですよ」

トビイロさんがソワソワしている私を見兼ねたのか、そう言ってくれた。

普段は一人のときは、どんなにだらけていても感じない、時間を浪費しているという罪悪感も、二人だと不思議と湧いてくるものらしい。

「ベランダいるから」

それだけ言って、リビングを出た。

さっき買ったばかりで、まだ封の切られていない煙草を癖で持ってきてしまったが吸う気はない。

夜というよりは夕方に近い時間。

まだ暑さは和らいでおらず、自室に避難しなかったことを後悔した。

それとも私は外に逃げ出したかったのだろうか？

だから、ベランダに出た。

それはつまり、トビイロさんから、逃げたかったのだろうか？

そんなことをベランダの手摺に、顎と手を乗せながら考えた。

招いておいて、逃げたくなった。

先が思いやられる。

煙草に火をつけようとして、ライターを持っていないことに気がついた。

いや、というか、いつのまにか煙草を咥えていた。

「末期だ」

自分でも信じられない事態に思わず、呟いてしまった。咥えていた煙草を手に持って、吸い口をなぞれば僅かに湿っており、白昼夢を見ていた訳ではないということが分かる。

無意識のうちに、煙草を開封していた。それもつい、さっきまでは吸う気は無かったのに。

これはもう、病気なのでは？

そのうち、手が震えたりするようになるのだろう。もしそうなったら、それはそれでいい。

火のついていない煙草を咥えて、ぴこぴこ動かす。ライターを部屋に取りに戻ればいいだけなのだが、それすらも億劫に思えた。

このまま時間を潰そう。ぼーっとするのは得意だ。

頭を働かせず、何も考えず、意識を保ったまま思考だけを深く沈ませる。それが、あともう少しというところで、背後の窓が開く音が聞こえて、我に返ってしまった。

「ライター忘れてましたよ」

振り返ると、そう言いながら私のライターを差し出すトビイロさんがいた。わざわざ持ってきてくれたらしい。

「ごめん。ありがとう」

ライターがきてしまったので、煙草に火をつけざるをえなくなってしまった。いや、別に、私がつけなければいいだけなんだけど。

「夕飯はもう少し待ってください」

「ゆっくりでいいよ」

「もう、あとは煮込むだけなんで、待つだけですよ。……隣、いいですか？」

「どうぞ」

トビイロさんは手摺に肘をついて、身を乗り出すようにして下を見ていた。

「高いですね」

そう言うトビイロさんの目はキラキラして、子供のようだった。

「高いところ好きなの？」

「好き、ですね。馬鹿みたいですか？」

「ん？　なんで？」

高いところの好き嫌いと、頭の良し悪しが、どう繋がるのか理解できない。

「ほら、よく『馬鹿と煙は高いところが好き』って言うじゃないですか。だから、高いところが好きって言うと、よく馬鹿にされて」

「あぁ、そういうこと。大丈夫。トビイロさんは馬鹿じゃないよ、多分」

多分は余計だった。

「ハハッ。ありがとうございます」

気を悪くすることもなく、トビイロさんは笑った。

こんなふうに笑うんだ。そんな当たり前のことが、あまりにも鮮烈に映る。

「吸わないんですか？」

「ん？　……あぁ」

煙草に火をつけていなかったことを、指摘されて思い出す。ライターに手を伸ばす気にもなれない。

「いや、いいや」

「そうですか。俺そろそろ戻ります」

そう言ってトビイロさんは、キッチンに方に戻っていった。ここでライターを取り出せば、本当にトビイロさんがいたから煙草を吸うのを我慢したみたいになりそうだ。

あれ？

でも、それってトビイロさんのせいで我慢させられたのかな、私は。

ライターの側面に、自分の顔が反射して映る。

違う。私はトビイロさんがいたから、吸わなかったわけじゃない。邪魔だとか思ってない。いなければいいとか、そんな、そんなこと思ったりしていない。そういう考え方は、やめろ。

「カサさん」

「ッ!?」

呼ばれて、ハッとした。

もちろん呼んだのはトビイロさんだ。

「できましたよ……どうかしました？」

病院でお父さんと話していたときに見せた、見透かすような目を私に向ける。

「いや、大丈夫。ごめんね」

トビイロさんを押して部屋に入った。

あの目は、正直苦手だ。隠してることも、隠してるつもりじゃないことも、等しく見られているような気がする。神のみぞ知ることも、見られているような。変な気分になる。

妄想じみている自覚はある。でも、妄想のままであってほしい。

じゃないと、私が人殺しだとバレてしまう。

Side　M

緊張。

俺は普段、それを実感することはない。

理由は明確で、ものごとは大抵の場合において、為すようにしかならないと思っているから。ある種の諦めともいえる。

でもそれは、全くしないというわけではない。

現に今、俺は緊張している。

よく毛が生えていると揶揄される心臓が早鐘を撃つ。血流が全て上向きになっているような錯覚を覚える。クーラーに関係なく、指先が冷たく、首から上は熱くなる。

「……どうですか？」

まだ匙を口から離してすらいないカサさんに尋ねた。どうしても、急いてしまう。

「うん。おいしい」

一言そうカサさんが言った。

良かった。

心臓がドッと早鐘を打つのをやめて、平常運転に戻ったのが分かった。それと同時に、さっきまでとは反対に頭は冷えて、指先は風呂上がりのようにジンジンと熱くなった。

「ほんとうにおいしい。久しぶりに、人の温度がするものを食べた気がする」

よかった。素直にそう思った。

「俺も、人に料理を振る舞うなんて数年ぶりなので無茶苦茶、緊張しました」

「ほんとにぃ？」

「本当ですよ」

「の割には表情は、そのままだったけど？」

「表情が固いとはよく言われるので」

「硬派なんだね」

「顔に出るまでに、時間がかかっているだけですよ。一人になったら、ちゃんとニヨニヨします」

これ以上、料理の話をされると直ちに表情が崩れそうなので、話題を変える。

「それはそうと、広い部屋ですね。以前はお仕事は何をしていたんですか？」

謙遜すればするほど、照れが表面に出てきそうな気配があったので、露骨に話題を変えた。

「下の階を貸した不労所得だけが収入のニート」

「今はでしょ？　以前は？」

踏み込みすぎかと思わないでもない。それでも、できることなら聞いておきたい。知ることは、身を守ること。そんな当たり前のことを忘れていて、思い出した今だからこそ聞くべきだ。

「言いたくない……、じゃダメ？」

疲れたような、それでいて縋るような笑顔でカサさんが言った。これ以上は聞かないで欲しいというようにも俺には聞こえた。

「……すみません。不躾でした」

やはり、踏み込み過ぎだったみたいだ。まだ、お互いの線引きを探り合いの時間で、これぱっかりは、少しずつ確かめていくしかない。

「いや、こっちこそごめん。それよりも、これ本当においしい。よく作るの？」

今度はカサさんが話題を変えた。

「いえ、あまり。普段は、ポトフを作った翌日に作るくらいです」

「ポトフの次の日？　なんで？」

「具材が殆ど一緒なので、ルーを溶かすだけでシチューになるんですよ」

「へぇー。言われてみればそうかも」

本当に料理をしない人、というのも初めてかもしれない。家族は全員、俺含めて、自炊ができるくらいには料理ができる。

親の教育方針とかではなくて、なんか気づいたら自然としていた。

友人にも、まったくしないというやつはいなかったはずだ。

「あ、笑ってる」

「え？」

言われて、咄嗟に頬を触ると確かに口元が上がっていた。いや、別に笑わないことを自負している訳ではないが。改めて人に指摘されると、恥ずかしい。

「カサさんみたいな人って、今まで周りにいなかったタイプなんで、なんか新鮮で楽しくって」

「料理できない、ヤニカスニート女なんていない方がいいよ」

「そういうことではなくて……」

自分のことなのに酷い言いようだった。


ホワイトシチューをカサさんに振る舞ってから、二週間が経過した。

その間、カサさんから紹介してもらった不動産を回って、部屋の内見を重ねた。朝夕は、基本俺が作り、その他家事はカサさんが担当。特に話しあったとかではなくて、自然とそうなった。

休みも残り一週間ということで、明日から、友人に車を出してもらって、荷物を運ぶことになる。そのことをカサさんに伝えた。

「分かった。手伝えることがあったら言ってね」

そう言われた。ただ、カサさんも俺と同じく車の運転はできないので、手伝ってもらうようなことはないだろう。

そうして、迎えた引っ越し準備の初日。

学生時代からの友人に来てもらっていた。

大きな荷物を一緒になって運んだり、車内では軽く近況を報告しあったり。男同士、用事がなければ電話をしあうような仲でもないが、いざ会ってみれば積もる話はあるようで、話題には事欠かなかった。

しかし、話したいことは多くあれど、話せることは多くないため、どうしても濁してしまいがちになる。

友人もなんとなく事情は察してくれたようで、特に踏み込んでくるようなことはしなかった。

カサさん宅の玄関を潜ったのは十八時を少し回った頃だった。

「ただいま帰りました」

廊下は薄暗く、リビングからの灯りも漏れてはいなかった。手探りでスイッチを見つけて点灯させてから、リビングに向かう。

リビングは肌寒いくらいにクーラーが利いていた。足元が見えにくいが、夜というにはまだ明るい時間。特に踏みそうなものは無いと判断して、ズカズカとソファ前のテーブルにあった照明リモコンを手に取った。一部のボタンが蛍光素材でできているので、暗闇でも見つけやすくて助かる。

「……ぃやぁ」

背後のソファから聞こえる呻き声は無視して、リビングの灯りをつけた。

「ぅうぅぅ、まぶっ、しぃ」

「おはようございます。起きないと、また夜寝れなくなりますよ」

タオルケットに包まっていたカサさんに声をかけたが、なんとか光から身を守ろうと、モゾモゾしているばかりで返事はなかった。

クーラーを止めて、カーテンと窓を開ける。

屋外の熱気がじんわりと室内の温度を上げていく。

「おかえり」

覚醒したらしく、カサさんが通常より数段低い声で言った。

「はい、ただいまです」

コップに水を注いで渡した。少しだけ触れた指先が、冷え切った陶器のように冷たい。

それを受け取ったカサさんは、一息に飲み干し、しゃっくりのような小さなおくびを漏らす。

「ありがと。やっぱり、人がいるっていいね」

「お水だけじゃなくて、ご飯も出てきますからね。夕飯はすぐに？　それとも少し時間を空けますか？」

「お腹空いてる」

「分かりました。すぐに用意しますね」

最近のカサさんはよく、こうして昼寝をしている。

最初、俺が来て一週間くらいは、夜中にちょくちょく起きていた気配があったので、そのぶん昼寝をしているのだと思っていた。

ただ、ここ最近は夜もしっかり寝て、昼は昼で寝ている。そして案の定、とうとう昨日の夜は寝れなかったらしい。

起きたらソファの前で体育座りをしていたので、死ぬほどびっくりした。

本人曰く、「調子に乗って寝過ぎた」とのことだった。それには俺も同意する。

「今日は何にするの？」

トイレから戻ってきたらしいカサさんが、タオルケットを肩に掛けたまま、のたのたとキッチンに来る。

「煮麺にしようと思ってます」

「にゅうめん？」

「あったかい素麺です」

「冷たいのじゃないの？」

「手、冷たかったので」

「何か手伝う？」

「そうですね」

ちょうど、カチッと電気ケトルが仕事を終えた。

そのお湯をマグカップに注いで渡す。

「持っててくださいね」

真剣な顔でカサさんに言う。

「う、うん」

何をさせられるのか、全く分からないと言った顔だ。

そんなカサさんは置いといて調理をしていく。

ケトルで沸かしたお湯を鍋に移して、少し足りなかったので水を足す。そこに鰹節を入れ、沸かして出汁をとっていく。本当のやり方も一応知ってはいるが、手間がかかり過ぎるのでなるべくやりたくない。

その間にかまぼこと、余っていたカニカマを切って、作り置きしていたほうれん草のおひたしをタッパーごと取り出す。

沸いたら鰹節を取り上げて、醤油、味醂、塩で味を整える。さらに生姜を少々。

カサさんは、濃いめの味付けを「旨い」、薄めの味付けを「美味しい」と表現する。そのため、好みの味というのがいまいち分からない。

そこに素麺を四束入れる。これで素麺は終わり。空になった袋を捨てた。

鰹節は水気を力の限り搾って、まだ残っているおひたしと和物にする予定。

あとは丼に盛り付ければ完成だ。

「このお湯は、どうするの？」

丼に盛り付け終わったところでカサさんが不思議そうに聞いてきたので、湯の入ったマグカップを引き取る。

「手は温かくなりました？」

「なったけど」

「なら良かった。食べましょうか。お箸をお願いします」

「あ、うん」

ズズズッという音を立てて食べる俺。

チルチルという音を立てて食べるカサさん。

食事中に会話をすることはあまりない。俺は実家ではそういうのは気にしたことはなかったが、カサさんはどうか分からないので、黙っていることにしている。

食べ終わって、汁まで飲み干したカサさんが、一息ついてから切り出した。

「引っ越しはどう？」

「ええ、今日で大体のものは運んだので、あとは細々したものだけです」

「じゃあ、もういつでも引っ越せるね」

「そうですね」

少しの沈黙。

「……もう、寂しくない？」

カサさんが言った。病院の日のことを言っているのだろう。

「おかげさまで」

「そう、よかった」

ピンポーン♪

玄関の方からチャイムがなった。ドアモニターを見れば、そこにはカサさんのお父さんが立っていた。

「カサさん、お父様ですよ」

「え？　どうしたんだろ」

玄関の方に向かって行ったカサさんの後を追い、俺も玄関に向かった。

「カサ、スマホは充電しているか？」

「あ」

「既読にならないから、要件を直接言いにきた。それはそうと、トビイロ君だったね。なぜ、君がここに？」

「あれ、言ってなかったっけ？」

まずい！　と脳内で何かが弾ける音がした。同時にどうしようもないという諦めもまた、押し寄せる。

「少しの間、泊めてた」

「…………………………………………………………貴様ァァッ！！！」

「うぐぅっ」

激昂。

胸ぐらを掴まれ、壁に叩きつけられた。

「お父さん!?　やめて！」

「コイツだけは！　コイツだけはぁぁ!!」

積年の恨みとばかりに、釣り上げられていく。

抵抗しても事態が好転しないことは明白で、何よりカサさんのお父さんに、手を上げるような真似はしたくない。

決死の説得もあり、五分もしないうちに俺は解放された。ただ、目から怒気は消えておらず、情けないことにカサさんの後ろにまわる他ない。

「で、要件ってなに？」

「明後日のことだ。分かっているな」

「……わかってる」

俺には一切分からない。

二人の間だけで話が進んでいく。

「そうか」

「それだけ？」

「それだけの予定だったが…………カサ。お前ももう子供じゃないんだ」

枠美さんが、カサさんの両肩に手を置いて、子供にするように、腰を曲げて視線を合わせる。

「女性があまり、軽々しく男を家に上げるものじゃない。いいか。くれぐれも、くれぐれも、間違いのないように」

念を押すようにそう言った後、「八時に迎えに来る」と言い残して帰って行った。

「お父さんがごめんね。頭、大丈夫だった？」

「それは大丈夫ですけど……」

「なら、よかった。ごめん、私もう寝るね」

そう言って、カサさんはとっとと洗面所に向かっていく。歯磨きを終えて、出てきたカサさんは、声をかける間もなく部屋に戻ってしまった。

話し相手がいなくなれば、俺もすることはない。食器を洗い終えたらとっとと寝よう。

そう、考えたところで気づいた。

一人の時、俺はどうしていたっけ？

3

Side F

夢を見た。

「ごめんね」

そう言って、私はろくちゃんを抱きしめる。そんな夢。

場所は教室。みんな見ている。

ヘラヘラと気味の悪い視線と、血走った目が半々くらい。女子しかいない教室だけど、猟奇的な興奮は、皮肉なことに、性別を容易く超える。

下着姿のろくちゃんは、普段見えないようなところまでも曝け出していて、そのぶん自然とそこに目がいってしまう。

赤黒く変色している場所。さっき私が傷つけた。

青黒く変色している場所。これは昨日か一昨日の私が傷つけた。

「痛い？」

太ももの青黒いほうに、親指の腹を押し付ける。

「いた、いです」

声を震わせながらろくちゃんが言う。

全身で発熱しているのに顔だけが真っ青。

頬にペタリと触れると、熱いものでも押し付けられたように、ろくちゃんの肩が跳ねた。

「そう。でも、みんなろくちゃんのこと、可愛いって言ってくれてるよ？　ねぇ、みんな？」

クスクスとした笑い声と、「かわいいーよ」「とっても」といった肯定が返ってきた。

毎回、同じことを聞いて、同じ言葉が返ってくる。そこには確かな安心感があった。

私は望まれている。その大義名分があるだけで、当時の私には十分だった。

不自然に熱を持っているところに指を這わせる。

私が傷つけた。

私がこうした。

支配していた名残に指を這わせる。

行為の結果に指を這わせる。

私のだ。

ぱしゃん。

あの子は私の腕から消えていた。

辺りには赤い水飛沫だけが残っていた。

「ッ!?」

呼吸をするよりも早く、胃の底から何かが込み上げてきた。寝起きでおぼつかない足を無理矢理に動かして、トイレまで走った。

途中、少し口の端から漏れたが、振り返る余裕はない。

便器の底を舐めるような勢いで顔を突っ込んで、口の中に溜まっていたものを吐き出した。鼻からも出た。

跳ね返ったものが顔にかかる。

吐瀉物の中に、白い糸のようなものが所々に見えた。夕食に食べたものだ。

トビイロさんの顔が浮かんでくる。

喉まで上がってきているものを、抑え込もうとして、内側から圧迫されるような痛みに耐える。背中を丸めて、便器に土下座をしている形になる。

惨めだ。

「失礼します」

背後から、声が聞こえた。

振り返ることのできない私の、顎の下に手を入れられて、再び口が便器に向く。そして、長くて太い指が、さっきまで吐瀉物を溜めていた口に入り込んできた。そのまま、舌の根元を強く押される。

胃と口が、そのまま繋がっているかのような勢いで吐いた。饐えた臭いが、狭い空間を一瞬で満たす。

数秒にも、十数秒にも感じられた。

そして、胃の中が空になっても、気持ち悪さは治らず、今度は胃液が込み上げる。

喉を焼き、鼻を焼く。

酸っぱいものが、口だけでなく、鼻腔にまで広がる。

引き絞られた横隔膜が、脇腹まで巻き込んで、悲鳴をあげる。

痛い。痛い。

どんなに口を大きく開けても、空気を吸い込めないから、叫ぶことすらできない。

「ゆっくり、ゆっくりでいいですから」

いつのまにか顎から離れていた手が、今は背中を撫でる。大きな手が上下するのに合わせて、呼吸のリズムが形成されていく。

吐瀉物の臭いのする空気を目一杯に吸い込んで、吐き出して、体に循環させる。

「立てますか?」

縦とも横とも分からずに、首を振った。

トビイロさんは何も言わずに、背中をさすり続けてくれた。

「落ち着きました?」

キッチンから戻ってきたトビイロさんが、私に尋ねる。

あのあと私は結局、立ち上がることができず、トビイロさんに抱き抱えられてリビングまで運ばれた。ソファを背もたれにして床に座っているが、それで身を起こしているのがやっとだった。

「とりあえず、これで顔を拭いてください」

差し出されたタオルに目を向けるが腕を動かすのすら、気怠さに邪魔される。見かねたトビイロさんが、失礼します、と断ってから私の顔を拭いてくれた。

タオルは蒸されているようで温かい。顔を拭かれてされるがままになるなんて、二十数年ぶりなのに、その心地よさに身を委ねてしまう。

「鼻にも、入ってますよね」

ティッシュを何枚か握らされた。

温かいものに触れて、沸いた僅かな活力を振り絞って鼻をかむ。

吐瀉物の残骸がなくなるまで繰り返した。

「慣れてるね」

ヒリつく鼻の下を、意識しないようにしながら喋る。いつだったかのトビイロさんを真似て、他人事のような口ぶりをしてみた。

無様すぎる現実から、少しでも視線を逸らしたかった。

「昔は姉がよく酒の飲み過ぎで、こんな感じで帰ってきてたので」

「そういう、ことね」

「話しますか？」

話せますか？　ではない。あくまで、私に話す話さないを委ねてくれるらしい。

ここまで酷い有様を晒したのだし、説明するべきだろう。

本音を言えば話したくない。思い出したくないし、何よりトビイロさんに知られたくない。

嫌われたくない。

それでも、もしかしたらと思わずにはいられなかった。

「お父さんが言っていた、明後日の用事」

「はい」

「あれってさ、墓参り」

「……」

「私が殺した、私の親友の命日なの」

「ころ、した……？」

言葉の意味を忘れたかのように、トビイロさんが呟いた。

「うん。直接的な死因は自殺だったけど、原因は私だったたんだよ、きっと」

「……」

「私はあの子をいじめていたらしいんだ」

「らしい、ですか？」

「あの子が、みんなが、喜ぶから、殴っていたし、蹴っていた。それが嬉しくってさ。楽しかったんだ。二人で通じ合ってる気になってさ」

笑うつもりはないのに、口の端がヒクついて皮肉げな笑みを形作る。

「でもさ、普通に考えて、そんな訳ないよね。現にあの子は、飛び降りた。私が殺した。ネットで、調べれば、出てくると思うよ。個人情報は、殆どネットに晒されたし」

「……」

「そのあとお母さんがいなくなって、小さい頃に離婚してたお父さんに引き取られた。そのときに、苗字も変えたの」

「……」

「警察は物的証拠に欠けるとかなんとかで、私は関係ないってしたんだけど、それも多分、学校側の隠蔽とか、あったんだと思う」

「……」

「今度は学校中から、私が標的にされた。当たり前だよね。自業自得だと思って、罰なんだと思ってた」

本当に都合のいい考え方だ。

「制服を破かれたまま帰ったら、次の日にお父さんが退学手続きをしていてさ」

「……」

「気がついたら、学校も辞めていて。……罰も受けずに、生きてきた」

言葉を吐き終わると、今度は沈黙が自己主張を始めた。

それを押し退けて、トビイロさんが言う。

「……あなたも、そうなんですね」

鼓膜が揺れるのと顔を上げるのは同時だった。ただでさえ低い視力に暗闇も相まって、トビイロさんの表情を見ることはできない。

でも、私を突き放そうとはしている。

「それは、違っ……くない」

咄嗟に出そうになった言葉を、飲み込んだ。

何も違わない。自分の欲望を満たすために人を傷つけた。

盗聴器越しに聞いた、トビイロさんに語りかけるシズカさんの粘着質な声と、夢の中の自分があの子に語りかける声が重なる。

「……すみません」

それだけ言うと、トビイロさんは立ち上がって出て行った。玄関のドアが閉まる音が、やけに鮮明に聞こえた。

期待が淡く仄かなものでよかった。

心からそう思う。

そうでなければ、声を押し殺して泣くことはできなかっただろう。

Side M

歩く。

考えたくないから、歩く。

足から伝わる振動で、思考を掻き乱すために、一歩一歩を乱暴に踏み出す。子供みたいだ。

引っ越しを殆ど終えている、本来の自宅の前を通り過ぎても、歩みは止まらない。

そこからは、夜道から目を逸らすようにして、俯きながら歩き続けた。

そうして、どれくらい歩いただろう。

昼間の熱気も形を潜めているはずなのに、首筋は汗ばみ始めている。

俺は煌々と光を放つ、古びた店の前に立っていた。

ガラス戸が横にスライドして、一人の小男が顔を覗かせた。

「おい、そんなところに突っ立ってんな。入りな」

「あ、はい」

二週間ぶりに交わした店主との会話は、ご無沙汰感など一切感じさせないものだった。

禿げ上がった頭に、蛍光灯の光を反射させながら、店主は腕を組んだ。狭い肩幅ながら、組んだ腕には痛々しいほどの、血管が浮き出ている。

「そりゃあ、お前さんが正しい」

俺がここまで逃げてきた経緯を説明すると、店主はあっさりとそう言った。いや、言いやがった。

「そんな簡単に……」

「簡単な話だろ？　勝手に難しくしてるのはてめぇだ」

「でも、」

「『でも』も、『だって』も、関係ねぇ。人を殺した。若しくはそれを促した。立派な犯罪者だろ」

「そうです、けど。けど、やっぱり恩があるというか」

「お前が恩を感じていようが、いまいが、そのカサさんとやらが、最低な人間であることには変わりない」

「……年寄りがそんなこと言っていいんですか？」

「いいんだよ。最低な人間だろうと、わしはお前さんと違って、目の前にいるときに最低で無ければ気にしないからな」

嫌味な言い方をする。

それに、にやついているのが、余計に質が悪い。俺が反論するのを楽しんでいるのだ。

「俺はなんで、あんなことを言ったのでしょうか？」

「知るか」

「……」

「あのな、お前はまだ人に理想を求めている節がある。まずは、それをやめろ。そして、次に赦せ」

「赦す？」

「相手も、相手を許容している自分も、どっちも赦すんだ」

「俺は、誰かに赦しを与えられるほど、偉い人間じゃないです」

「偉くなくたって、赦すんだよ。人ってのは、赦されながらじゃねぇと生きていけないのが殆どだ」

「俺は、」「お前は違うんだよ。だから、赦し合って生きることができない」

「……」

何も言えない。

勝手に理想に仕立て上げて、勝手に幻滅している。

「いい人かもしれない、なんて思うのは勝手だ。だが、それを押し付けるのは、苦しいぞ。自分も相手も」

「だったら、俺を助けてくれたカサさんは、何だったんですか？」

「その時は、お前にとっていい人だった。そして、昔はいじめをしていた最悪な奴だった。くだらないな」

「ええ、とっても」

「それと、さっきお前は違うと言ったが、今のお前は赦されないといけないんじゃないか？」

「そうですね。悪いことをしたら、『ごめんなさい』ですよね。このまえ、山口さんのお孫さんが教えてくださいましたよ」

「それでか。山口さんが、やけにお前のことを気に入ってるのは」

「かわいいですよ」

この店の常連である山口さん。そのお孫さんである人見知り気味な女の子のことを思い出す。仲良くなってからは、良く喋るようになってくれた。

「手は出すなよ」

「幼稚園児にですか？　無茶言わないでください」

「何はともあれ、良い機会じゃねぇか」

「はい」

店主が俺の肩を叩く。

「赦されてこい。お前も、カサさんとやらも」

Side F

どれくらい、寝ていた？

ソファに滲みができていた。目尻が痛く、焼けた喉もまだ痛む。

外は朝焼けか、夕焼けか判別できない空をしている。本当に何時間寝ていたんだ？

頭が割れるように痛いのは、脱水症状だろうか？

とりあえず、水を飲もうと体を起こした。

あれ？　私はいつ、ソファに寝た？

「あぁ、起きたんですね」

「トビ、イロ、さん？」

「はい。トビイロです」

「なんで？」

「それよりも、まず水を飲んでください。一日以上、寝ていたんですから」

「え？」

「今日が、墓参りの日ですよ」

「やばい」

今の時間は何時だ。

「朝の五時過ぎです」

「よ、用意しないと」

立ち上がろうしたが、地面が歪んで重心を見失ってしまった。

「そのままジッとしててください」

ソファに倒れ込んだ私は声を上げることすらできずに言われた通りに待っていると、トビイロさんが一杯の水を持ってきた。

「起こしますね」

そう言ってから、体の下に手を差し込んで、ソファに座る形にされる。

「とりあえず飲んでください」

「……」

言われた通りに水を飲む。一回目の嚥下で渇きを自覚して、二回目、三回目と勢いよく水を流し込んだ。

「なんで、帰ってきたの?」

「引っ越しは完了してないので」

飄々とした様子で、トビイロさんが言った。

なんというか、雰囲気が軽くなっている気がする。どうしたんだろうか。

「もう、戻ってこないかと思いましたか?」

「……うん」

「そこら辺の話はお墓参りが済んで、帰ってきてからにしましょう」

「いや、でも」

「ダメです」

「なんで!?」

「待ってますから」

「…………分かった」

何が分かったのかは、分からないが納得してしまった。

「はい。では準備をしましょうか。お風呂、入ってきてください。何か胃に入れられそうなものを作っておくので」

笑顔でそう言って、トビイロさんはキッチンに戻っていた。

正直、不気味だった。本当にトビイロさんかと疑いたくなる。私を尊重しすぎるくらいだったのに、今は自分の意志を優先している。

でも、正反対の行動のはずなのに、疑いきれていない自分がいる。今まで猫を被っていたのではなくて、根底には今までと変わらないものがあると、信じてしまう。

無責任な期待をして、勝手に傷ついて、それなのにまた、トビイロさんに期待しようとしている。

馬鹿だ。

ドライヤーは好き。

温風が思考ごと周りの音を掻き消して、相対的に頭がうるさくなくなる。

吐瀉物の跳ねた服を脱いで洗濯カゴに入れてから、シャワーを浴びているあいだも、墓参りのことと、そのあとトビイロさんがする話のことで頭がいっぱいだった。

私の頭はそこまで広くはないらしい。

シャンプーとリンスをして、もう一度シャンプーを手に出してしまうくらいには、手元が覚束なかった。流してしまうのももったいなかったので、それで体も洗った。

風呂場から出て髪を乾かしている間はよくても、いずれは出なくてはならない。

「あ」

服を持ってきていなかった。

さっき脱いだ服は……、さすがに着れないよなぁ。

トビイロさんが来る前だったら、一週間くらい平気だった。今では、二日に一回は絶対に着替えている。

これも、トビイロさんがいなくなれば元に戻るのだろうか?

ふと、鏡に目がいった。

鏡に映る自分は今、笑っているだろうか?

こういうときに、メガネをかけていなくてよかったと思う。もし、笑っていたら、私はどうしていただろう。

鏡を叩き割っていた?

そしたら、トビイロさんが、駆けつけてくれる?

子供みたいな自分の思考に呆れる。

久しぶりに会った人、みんなが口を揃えて言う。

〝変わらないね〟

私の子供みたいな、見た目を言っていることは、頭では分かっている。それでも、中身のことを言われているような気がして。

「大丈夫ですか？」

脱衣所のドア越しにトビイロさんの声が聞こえてきた。心配、してくれている？

「だいじょぶ」

「朝食？　できてますよ」

「ごめんだけど、私の服持ってきてくれない？」

「え」

「服持ってくるの忘れてて」

「えーと」

「くっふぇいあっ！」

くしゃみが出た。

体が冷えたらしい。

「すぐに、持ってきます」

珍しくドタバタとした足音が聞こえてきた。しばらくして、少しだけドアが開いて服が差し込まれた。

「……どうぞ」

「ありがと」

受け取った服のとりあえず、目についたパーカーを広げて着る。

……………え。これだけ？

ショーツもブラジャーも短パンすら無い。

もしかして、私は普段からパーカー一枚でそれを脱げば素っ裸になれると、トビイロさんに思われていたのか？

確かに、最近は暑い日が多かったから、着回しているパーカーに、ショートパンツみたいなのが多かったけど。

いやいや、トビイロさんに限ってそんな勘違いをするとも思えない。

きっと慌ててたから、色々忘れてたんだ。きっとそうだ。

「トビイロさん？」

返事は返ってこない。もう戻ったらしい。

ここは腹を括ろう。

脱衣所のドアを開けて自室に急いで向かう。ただ自室には、リビングを通らないといけない。そして、おそらくトビイロさんはリビングにいる。

つまり、上下の下着がない状態でトビイロさんの横を駆け抜けるということ。

字面にすると酷い。

これがお父さんくらい歳が離れていれば、恥ずかしいだけなんだけど。トビイロさんが相手だと、罪悪感のようなものすら沸いてくる。

パーカーを着て、肩は冷えなくなったけど、下半身は刻一刻と冷えてきている。

どうやら、時間は無いらしい。

「よしっ」

気合いを入れて脱衣所を飛び出す。リビングに入り、自室を目指して駆け抜けた。幸い転んだり、トビイロさんに話しかけられたりすることもなく、自室に入ることができた。もし転んでいたら、気まずいなんてものではなくなっていた。

下着の入っている引き出しを漁り、上下の揃ったものを探し出した。汗が目立つということもあって避けていた灰色のだったが、無いならしょうがない。

別に誰に見せるというわけでは無いのだから、上下の揃っている、いないはどうでもいいんだけど。せめてこの日くらいは、ちゃんとしないといけない気がして、毎年こうしてしまう。

あ、喪服。

喪服の用意をするのを忘れていた。クリーニングに出して返ってきたのを、そのままクローゼットに入れていたはずだ。

普段使わない服が、一緒くたに仕舞われているそこは、開けると埃の臭いが充満していた。小学生の頃、嫌いだったレーズンパンを、牛乳で無理やり流し込んだときと同じ臭いがする。

掛かっている服は喪服も含めて三着だけで、ほとんどが下に置かれている段ボールの箱にまとめている。

その全てに、中に入っている服の種類と整理した日付が貼られている。

以前の私は几帳面だったとかではなく、まだ時間の潰し方に四苦八苦していた頃に気まぐれでやっただけだ。まだ昔の方が、何かしないとという気概に溢れていたということを痛感させられる。

段ボール箱から目を逸らせば、喪服はすぐに見つかった。ビニールの袋に包まれたままになっているそれを背伸びをして取る。踏み台を持ってくるほどでもないが、背伸びをしないと確実に届かない絶妙な高さに、毎度のことながら不満が募る。

喪服が皺にならないように、敷きっぱなしの布団の上に置きリビングに戻った。

「何かありましたか？」

食卓の席につくとキッチンから、トビイロさんが聞いてきた。

「………喪服の用意するの忘れてたから」

嘘ではない。特に言う必要も感じられなかったから、下着のことは黙っていただけだ。パーカーは布団の周りに置いてあったのを適当に摑んで来たんだと思うが、下着がどこの棚の、何段目かにあるのかなんてトビイロさんが知り得るわけがない。

というか結局下はパンツを履いただけで満足して、ショートパンツなり、短パンなりを履くのを忘れていた。

「どうぞ」

取りに戻ろうかと思ったが、トビイロさんが料理を持ってきたので、浮かしかけた腰を下ろす。

「湯豆腐の卵餡かけです。熱いですよ」

トビイロさんはそのまま私の正面に座った。気まずい。

視線をそらせば、行き先は自然と料理に向いた。お椀に盛られた豆腐に熱々の餡がかかっており、その上にちょこんと青ネギが載っている。

言われた通り、お椀自体から湯気が煌々と出ていた。

最悪の目覚め方をしたはずなのに、一時間経ったか、経っていないかくらいの今はとてつもなくお腹が空いている。

鶏ガラの風味に誘われるようにレンゲで豆腐を餡と一緒に掬って、少し冷ましてから口に入れた。

「ッ!?」

あっつい！　冷ますのが足りなかったようで、口の中を火傷しながら何とか飲み込んだ。小さな炎が食道を通って、胃に落ちていった。

「すみません、やっぱり熱かったですよね。大丈夫ですか？」

トビイロさんが、心配そうな顔で水を渡してくれた。ひとまず、それを飲んでお礼を言った。

そして、すぐに二口目を掬った。食べ物が胃に入ったからか、体が急激に空腹を訴えてきた。ただ、さっきの二の舞にならないように、気持ち長く、息を吹きかけてから食べる。

まず、鶏ガラの味がした。次に生姜、最後に胡麻油の香りがして、豆腐と一緒に胃に吸い込まれていく。

「おかわりは？」

「うん」

即答だった。

「準備にはどれくらいかかりますか？」

二杯目を食べ終えたあたりで、トビイロさんが言った。

「……三十分くらい」

準備といっても、風呂には入ったからあとは、歯を磨いて、服を着替えるだけ。化粧もしないので、もしかしたら言った時間よりも短いかもしれない。

「やっぱり今、少しだけ、少しだけでいいんで、俺と話をしてほしいんです」

姿勢を正したトビイロさんが、改まって言った。

「わかった」

「ありがとうございます。まず、昨日、じゃないですね。一昨日のことです」

「うん」

あの子の話をした夜のことだ。

胸が締め付けられる。

「すみませんでした」

トビイロさんが頭を下げた。

なんで？

私がトビイロさんが頭を下げる意味が全くわからず、目を白黒させていると、頭を下げたままトビイロさんが続けた。

「あのとき俺、その、動転してて。よりにもよって、シズカさんと一緒だとか……。それをまず、」

「ごめん、待って」

言いたいことがあった訳ではない。

それでも、遮らずにはいられなかった。

「私が悪いんだよ……合ってるよ、トビイロさんは……」

ただただ、私が悪い。

「シズカさんを監視していたときに、思ったの」

自身に向けていた疑惑が、確信に染まる。

「私もあんなふうになったかもって。でも、それをあの子が命をかけて止めてくれたんじゃないか、って。最初は脅されて、怖くてだったの。それは嘘じゃない。でも、途中から、本当にそう思えてきて。……都合がいいよね。自分にだけ。だから、もしかしたら私も、あの子みたいにシズカさんを止めて、悪いことなんだって、我慢しないといけないことなんだって、思わせられるかもって思っちゃったんだ。分不相応なのは分かってる。それでもあの子が私に用意した試練だ、って思いたかった……。これを乗り越えることができたら、許してもらえるかもって思いたかった……。でも、あの日、シズカさんの部屋に行った日」

声が上擦って、口が滑る。聞かれたくないことを聞かせているという変な状況に、言葉の切り所が分からなくなった。

顔を上げれないまま、話を続ける。

「トビイロさんが血を流しているのを見て、目が覚めたんだ。これは試練なんかじゃなくて、ただ私が巻き込まれただけで、トビイロさんが犠牲になるのを私は、とめなかった。結局、私はまた自分のために誰かを傷つけた。トビイロさんを泊めたのだって、迷惑をかけた罪滅ぼしだよ。優しさなんかじゃない。罪悪感を紛らわせるために、利用しただけ」

まくし立てて、自分でも何を言っているのか分からなくなりながらでも、口からこぼれだす言葉に身を委ねた。

後悔は先に立たない。

反省だけが未来に意味を残せる。それでも、私は反省をすることも許されない。

「だから、助けたなんて、言わないで」

「……俺は」

ピリリリリリリッ！！！

「!?」

「すみません。時間ですね。続きは帰ってきてからしましょう」

アラームを止めたスマホで、時間を見せながらトビイロさんが言った。時間は七時三十分を示していた。

「う、ん」

トビイロさんの切り替えの早さに、少し引いた。

準備を終えても十分ほど時間を持て余す。さっき、トビイロさんが何か言いかけたようだったけど、それを今、話し始めたら十分では足りないと思う。

私もトビイロさんにはちゃんと話したい。

それも絶対に、十分では足りない。

「カサさん、これどうぞ」

自室に戻っていたトビイロさんが、スマホを私に差し出した。私のだった。

「充電しときました。中は見てないですから」

「あぁ、ありがと」

すっかり忘れていた。

ここ数年は、年何回連絡が来るかどうかだったので、私の中でのこれの必需品レベルは、便利さに相応しくない低さだ。

ネット注文をするときに充電して、起こして、使うくらいの感覚でしかない。

お父さんから、何通か連絡がきていたが、内容は要約すると、起きているか？　と、準備したか？　だった。

とりあえず、無料で使えるスタンプで「ＯＫ」だけ返した。

ピンポーン♪

チャイムが鳴ったのは、返信をした直後だった。何故か、無駄なことをした気分になる。待ち受けの時計を見れば、七時五十五分。ピッタリ五分前行動。

「おはよう」

案の定、玄関を開ければ、そこにはお父さんがいた。そして、私を一目見て、次にはトビイロさんに鋭い視線を向けていた。ほんとうに相性が悪いらしい。

私自身の信用が無いからといって、セットで信用を得られないのは、トビイロさんに申し訳ない。

「カサさん」

お父さんに何か言ってやろうと考えていたら、トビイロさんが私を呼んだ。

「待ってますから」

逃げるなよ？　と釘を刺された気がした。

俄然、無事に帰りつこうと思える。

移動中の車内で、お父さんが視線をこちらに向けずに言う。

「トビイロ君とは、どうなんだ」

「どうって？」

曖昧すぎて質問の意図どころか、質問なのかすらもわからない。

「いや、その、トビイロ君とは、随分と仲がいいなと思って」

「……トビイロさんが、いい人なだけだよ」

「そうか」

それ以上の会話は何も無かった。

着いてからも、黙々と目的の場所を目指して歩く。一歩歩くごとに、足が鉛のように重くなる。それでも、引きずってでも行かなければならない。

側溝には水の代わりに、枝や枯れ葉が積もっていた。そこに蓋がつき始めたあたりで、毎回吐いている。もっと早く吐けば、金網を汚さずに済んだのに、と思うのもいつものことだ。

今日はどうだろうか？

お腹が空っぽに感じるくらいに体が軽いのに、空腹ではない。そんな不思議な感覚があった。だからそもそも、込み上げてくるものといったら胃液しかない。

酸っぱいものが込み上げようと、それは飲み干す。喉の痛みがぶり返されるが、歯を食いしばって耐えた。

墓石の前まで行くと、お父さんが急に立ち止まった。どうしたのかと思い、目を凝らそうとしたら、お父さんが一歩動いて私の視界を遮る。

カツカツと強いハイヒールの音が聞こえて、お父さんの横をその人が通り過ぎようとしたときに、目が合った。

目元がろくちゃんに、そっくりだった。特に、真っ黒い瞳はまさに遺伝子の為せるソレだ。

「鈴木　慮」の母親が、私の前に立っていた。

その人が手に持っていた、バケツを私の真上でひっくり返した。比喩では無い、バケツをひっくり返した水が降ってきた。

強く頭を抑えられたような負荷が首にかかる。垂れた持ち手が後頭部に当たった。バケツと柄杓が地面に投げられて跳ねた。反射的にそちらに視線をむけてしまう。

直後に襲われた、耳鳴りと、顔の一部の感覚の消失。

平手打ちされた。そう、遅れて理解する。

頬骨よりも目に当たった。そこだけカァッと熱くなる。

「来ないでください」

鈴木さんはそれだけ言って、去って行った。

「……ごめん」

「大丈夫か？」

「お父さんも濡れちゃったね」

お父さんの心配をするふりをして、自分の惨状から意識を逸らす。

「いや、お父さんは大丈夫だが、お前……」

「大丈夫」

転がっているバケツと柄杓を拾いながら答える。

片目が開かないだけ。大丈夫。それも時間が経てばすぐに治る。

「……そうか」

綺麗な花が飾られた墓石に手を合わせ、目を閉じる。

瞼の裏で思い浮かべる線香の煙は細く、煙草のように視界を煙らせるには頼りない。死者のための煙なのだから、現実を直視することを防ぐ役割までは、担えないということだろう。

手を合わせて、泣きながら謝っていたのはいつまでだったか？

初めの二、三回だけだったような気がする。

あれはまだ、煙草を吸っていないときだったから、煙が目に染みていたのかもしれない。

こう考えれば、反省はしていないように思える。

反省をして、次に活かせば過去の失敗の償いになるらしい。それをしようとした結果、
私はトビイロさんを巻き込んで、また失敗をした。

これはもう、反省はせずに一生、後悔として抱え続けないといけないことなんだと思う。

それでもいいかな？

生きていたら聞けたのに。

「行こう」

お父さんに言われて目を開ける。まだ少し、ゴワゴワするが、両目とも開けることはで

きた。

濡れた髪が重い。服と一緒に張り付いて、煩わしく感じる。

「シート濡、れるかも」

車に乗る前にお父さんに言った。

「父さんも尻が濡れてるから、気にしなくていい」

そう言った、お父さんに頭を撫でられた。

「ごめん」

何とか絞り出せたのは、それだけだった。

帰りの車内では会話は一切無かった。

降りたときに、礼を言ったかも覚えていない。ふらふらとした足取りではあったと思うが、それでも、私の意志ははっきりとしていた。なぜなら、トビイロさんとの話し合いに、気持ちが向いていたからだ。

正直、私自身わからない。トビイロさんに自分の本心を言ったところで、何か変わる訳ではない。それは理解している。

それでも、何かをトビイロさんに求めていた。

「ただいま」

玄関のドアを開けた。

「おかえり、な、さい……」

トビイロさんの声が徐々に尻すぼみになっていく。自分がずぶ濡れだってことをすっかり、忘れていた。

「えっと、その、これは、」

「失礼します」

説明を考えていると、スッと伸びてきたトビイロさんの手が私の頬を撫でた。引っ叩かれたほうの頬だ。

「手、あったかいね」

「カサさんが冷たいんですよ」

呆れたような表情で、トビイロさんが言った。そんな顔、二週間も一緒にいたのに初めて見た。

確かにさっきから、ちょっとずつ震えが止まらなくなってきている。でもそれが一体、どうしたのか？

「まず、もう一度お風呂に入ってください」

「いや、でも、」

「でも、じゃないです」

言い合いをしている間にも、玄関と廊下を分ける段差に、髪から落ちた水で小さな水溜りができていく。とりあえず部屋に上がろうと思い、靴を脱ごうとしたところで、膝がうまく曲がらず前に倒れそうになった。

「あっ……」

それを支えようとしたトビイロさんが一歩だけ、足を出した。その足がついた場所が、水たまりの上だったのは、もう、不運としか言いようがない。

今度はトビイロさんに引っ張られるようにして、私も転んだ。

下敷きになったトビイロさんが、あの娘と重なった。

Side M

目の色が変わるという、言葉がある。

あれが比喩表現ではないことを、俺は目の当たりにしていた。

俺に覆いかぶさるようにして転んだカサさんが、俺の上で起き上がったときに見せた表情がまさにそれだった。

酔いで目が据わっているのとも違う。

無表情なのとも違う。

スイッチが入ったというべきなんだろうか。

確かに、笑いながら人を殴れそうな顔をしていた。

人の尊厳を弄ぶような顔をしていた。

それなのにどこか、みじめな必死さも確かにある。

聞いたことのない、カサさんの怒声が響いた。

端的に言えば、少しだけ殺されかけた。

何とか宥めて、お風呂に入ってもらうことには成功した。

色々、重なって限界だったんだと思う。その色々の中に俺も間違いなく関わっている。

それなのに、今から俺はさらにカサさんに精神的負荷をかけようとしている。

何のためか？

俺のためだ。

気まずそうにリビングに入ってきたカサさんと対面して座る。髪はまだやや濡れているが、顔色は大分マシになっていた。白湯をカサさんの前に置いて、口を開く。

「カサさんにお願いしたいことがあります」

ここだ。ここが分岐点となる。息を吸って、繰り返し頭の中で反芻した言葉を、ゆっくりと零す。

「俺に、カサさんを赦す時間をください」

「許す、時間？」

「はい」

短く息を吸う。

「俺も考えたんです。カサさんに助けていただいた。命の恩人。これが俺が知っている事実です」

「まって」

待たない。

「このままだと、俺は命の恩人のことを、赦さないで生きていくという変なことになるんです」

それは耐えられない。

「だから、俺がもう一度、カサさんを恩人だと心の底から思えるようになるために、手伝ってもらえませんか？」

「待ってってば!?」

一際、大きな声をカサさんがあげた。

「許して、欲しいよ。それは、嘘じゃない。もう何に後悔すればいいのかも分からないくらい、後悔もした。毎日、ここでゴロゴロしてるだけだったから、考える時間だけはたくさんあったからさ」

自嘲気味にカサさんが言う。

「それでも、あの娘は、ろくちゃんは許さない」

ろくちゃんというのは、カサさんが自殺に追いやったという、女性のことだろうか？

一つ、また一つと、カサさんが言葉を発する毎に、歳をとっていくようだった。最後は、干からびて砂にでもなりそうなほどに、やつれていくのが見てとれた。

本当に長い時間をここで、反省ではなく、後悔に費やしてきたのだろう。

反省をすれば、過去のどんな行いも前に進むための過程に為る。それをカサさんは望んでいない。自らの行いを、糧にすることを拒み続けてきた。

しかし、それももう限界が近い。これ以上は無理だ。もう疲れた。そう悲鳴を上げているように俺には思える。

「死んだ人は、言葉を話しません」

「わかってる」

「だからカサさんを、『ろくちゃん』という方が赦したと、言ってくれることはもう未来永劫無いんです」

「わかってるって!!」

カサさんが怒声と共に、手に持っていたタオルを俺に向かって投げたが、空気抵抗を目一杯に受けてすぐに床に落ちた。

「あ、いや、ごめんなさい。これは、違うの。ごめんなさい、違う、違うの……」

そして、すぐに一転しておろおろとし始めた。怯えているその姿に、憐憫が積み重なる。

「大丈夫です。なにも、起きてませんから。それよりも、さっきの話の続きですけど。俺で手を打ちませんか?」

「え?」

「ろくちゃんは赦してくれない。だったら、俺で手を打って、一つ、赦されたことにしませんか? というのが、俺からカサさんにする提案です」

「い、意味が分からない」

俺もそう思う。でも、これ以外の言葉が思いつかなかったのだからしょうがない。どうしても、カサさんを見捨てたくないと、足掻いた結果、こんな不格好な言葉しか出せない自分が嫌になる。

「それに、……それをして、トビイロさんに何のメリットがあるの？　私に何のメリットがあるの？」

当然の疑問だ。

「もう一度、カサさんに感謝できます」

「……」

「もう一度、面と向かって『ありがとうございました』って言えます」

シズカさんから助けてもらったときのことは鮮明に思い出せる。

確かに感謝していたはずなのに、それがカサさんの話を聞いただけで持てなくなった。

なんて、薄情なのだろうと、心底思う。

もう一度、俺を薄情ではなくさせてほしい。

「それと、これはカサさんのメリットの話ですが」

「うん」

「何でもします」

「……えっと、それは、」

「病院で一度、言っていますが、俺に出来うる限りのことを、全てやらせていただきます。気持ちは言葉に、形に、行動にしないと意味がないので」

言葉にはした。でも、形と行動がまだだ。

「だから、俺のことが気に食わないというのであれば、二度と前には現れないように、」

「じゃあ、」

カサさんが遮るように呟く。

「一緒に居てよ」

「……………………………………というと？」

聞き取り、理解、思考、推測にたっぷり時間を要したが、結局分からなかった。

「私のこと許すんでしょ？」

投げ出すような口調に、微かな諦めが滲んでいた。

「だったら、一緒に居てよ。それで人殺しを許し続けてみなよ」

言外に、「できるもんならやってみろ」、そう言われている気がする。

俺が自分の目的を果たすのは、後悔を残さないためだけど、カサさんの場合は終わりがない。だからこそ、後悔と懺悔の苦しみを和らげ続けないといけない。

「分かりました。いましょう、一緒に」

「え、いいの？」

「もちろん」

何でもすると、自分で言ったのだから。そこを曲げるのは、あまりにもずるい気がした。

「それでは、具体的に詰めましょうか」

「あ、うん」
一、鳶色　彩十郎が枠美　傘を赦すのに、使える時間は二年とする。
二、二年を経過したのちのことは、二年の間に考える。
カサさんと話し合って決めた条件を、紙に書き出して、二人して覗き込んだ。

「二年でいいんですか？」

「とりあえずは」

つまり、場合によっては延長もあり得ると。

「そういうことは、俺は全然わからないので、頼もしいですね」

「いや、私も実体験があるわけじゃないし。それより、『二年を経過したのち～』って、これいいの？」

これ、というのはおそらく、カサさんの提案は二年を経過した後のことだろう。なにも決まっていない。

「その時にならないと分からないと思うんで」

「それに、引っ越しはいいの？」

「ここなら、セキュリティも大丈夫そうなんで」

未だ、飲み込み切れていない様子だったが、今は話を先に進めよう。

「じゃあ、これで」

「やっぱ待って」

カサさんが紙に何かを書き込んだ。
三、　敬語禁止
「えーと、これは」

「ずっと、敬語だと肩が凝るかなって」

予想外の文言に一瞬、思考が止まりかけた。

「ぜ、善処します。だったら、俺も追加していいですか？」

「どうぞ」

無理なことを書くつもりはない。どちらかと言えば、その逆だ。
四、　嫌なことは、嫌と言う。
「これは、えぇと、どういう？」

急に文字が読めなくなったかのようにカサさんが聞く。

「カサさんに俺の理想を押し付けたい訳ではないという、俺なりの意志表示です」

「……ごめん。わからない」

説明不足だったらしい。

「俺が、カサさんを赦すにあたって、俺に赦されるためのカサさんになって欲しくないんです。利害は一致していますが、あくまで発端は俺の我儘なんで」

納得はしてくれていないようで、カサさんは難しい顔をしている。

「今のままの私で、私は許してもらえる自信はないよ」

「大丈夫です。赦すための努力は、俺がします」

自分で言っておいて、アレだが、本当に何様のつもりなんだろうか。呆れを通り越して、シンプルな疑問に昇華しそうだ。

「許すための努力ってなに？」

具体的なことをご所望らしい。

「見聞を広げます。読書を中心として、媒介は問わず、とにかく色々な考え方を取り込んでいきます」

これは解釈の拡大と言える行為だ。そういう考え方もある、ということを理解したうえで、俺自身が独自の結論を持つ。

それこそが、カサさんを赦すということに結び付くと俺は思っている。

「…趣味、読書じゃなかったたっけ？」

「目標の有無で差別化はできます。それと、カサさんのいいところをたくさん見つけます」

「そう、なんだ」

納得しきっていない様子だが、飲み込んではくれたようだ。

「あのさ」

「はい？」

「私は、トビイロさんに無理をさせようとしているのかな」

「それは、……」

無理無茶の類を実行しようとしていることには、変わりない。

「そうなり、ますね」

「じゃあ、トビイロさんは迷惑？」

「まさか、俺自身がその役を買って出ているんです。力不足かもですが」

「そんなことはないよ」

即座に否定されると、それはそれでくすぐったいものがある。

それが、カサさんに伝わらないように、なるべく毅然とした姿勢を見せる。

「それじゃ、これから、よろしくお願いします」

さいど　わたし

それぞれが、普段の日常に戻った。

鳶色は職場に復帰して、復帰早々にこき使われた。

枠美は時折、煙草を吸いながら、天井を見上げていた。

ただ、それも夜になれば少しだけ違う様子が見れる。

鳶色は職場から、スーパー、自宅までの道のりを少しだけ早足で行く。

枠美は自分だけの部屋ではなくなった場所で、ソワソワとし出す。終いには、待ちきれなくなって、廊下から玄関に行ったり来たりし始める。

玄関が開いた。

「ただいま」

「おかえりなさい」

著者プロフィール
新村 ユウキ（しんむら ゆうき）

2002年鹿児島県生まれ。

2021年に入社後、本格的に小説家になるために、執筆を開始。

趣味は、ゲーム。ソロ専。

でも、好きなことは人と話すことと、どうしようもないことを考えること。根っからの捻くれ者で口下手だったけど、酒の席で場数をこなしたら楽しくなった。そうして人の話を聞くなかで、なるべく多くの人に聞いてみたいことができ、小説を書くに至る。

今回の場合は、反省して前に進む人と、後悔して留まり続ける人、どちらの方が人として好ましいか？　自分は後者のほうが好きだが、他の人はどう思うのか？

疑問を共有できたら、嬉しく思います。


悪い人だったら、よかったのに。

2025年３月15日　初版第１刷発行

著　者　新村 ユウキ
発行者　瓜谷 綱延
発行所　株式会社文芸社
〒160-0022　東京都新宿区新宿１－10－１
電話　03-5369-3060（代表）
03-5369-2299（販売）

印刷所　株式会社暁印刷

ISBN978-4-286-26194-2